청춘아, 아프지 말자

청춘아, 아프지 말자

한복용 수필집

도서출판 북인

책을 펴내며

아픔이 끝날 때까지, 나는 아직 청춘이다

밤새 쓴 연애편지를 아침에 찢어버렸던 것처럼, 나의 글쓰기는 아직 그것의 반복이다. 좀처럼 나아지지 않는다. 청춘의 거리에서 이도저도 아니었던 나를 본다. 후회는 아니지만 그 청춘에 마음이 쓰인다.

이런 것들은 나의 열등감에서 비롯되었다는 것을 얼마 전에 알았다. 남들에 비해 문재文才가 없고, 공부가 짧으며 이해력이 부족한 사람. 귀가 어둡고 품도 좁은 사람이다. 반면에 눈은 한없이 높은 곳을 향하고, 그래서 까치발을 섰으나 목표물에 닿을 수도 없는… 그래도 나는 포기가 싫었다.

이번 책은 그런 증거가 되지 않을까 싶다. 곳곳에 생채기가 나고 곪았던 자국이, 딱지가 뜯어져 흉터가 된, 그렇지만 이제는 내게 훈장처럼 돼버린 것들. 나는 그것들을 쓰다듬는 중이다.

여전히 나는 아픈 길을 걷는다. 어쩌면 영원히 이 길을 걷게 될지 모르겠다. 내가 가야 할 길이라면 거절할 생각은 없다. 내 삶은 나만이 걸아야 하는 시간일 테니까. 세상 무엇과도 바꾸고 싶지 않은 문학이 있어 숨 쉴 수 있는 이유가 된다. 생이 다하는 날까지 느린 걸음이라도 멈추지 않을 작정이다.

행운을 다 갉아먹은 줄 알았는데 뜻하지 않게 행운이 다가와 세 번째 책에 이어 일 년 만에 이 책을 낸다.

내가 걸어온 이야기들이 어느 누군가에게 힘이 될 수 있다면 더 바랄 것이 없겠다. 나의 아픔은 끝나지 않았고 이 아픔이 끝날 때까지 나는 아직 청춘이다. 우리들의 청춘이 좀 더 수월했으면 좋겠다. 지치지 않고 숨 쉬며 꿈을 키울 수 있다면 그것으로 만족이다. 그러니 청춘아, 아프지 말자!

2020년 초겨울

한복용

차례

3부

4부

5부

1부

호텔에서의 시간은 모든 것이 완벽하다

해마다 설날과 추석날이 되면 나는 호텔로 간다. 부모님을 여의고 고향에 갈 일이 줄어들면서부터다. 함께 사는 언니도 내 고집을 꺾지는 못한다. 이번 추석에는 강남 교보문고와 가까운 곳으로 가 3일간 묵을 참이다.

객실에 도착해 짐을 풀기 전, 나는 큰 대大 자로 침대에 드러눕는다. 편안하다. 호텔 침구는 사람을 기분 좋게 한다. 그대로 슬쩍 눈을 감고 생각에 잠긴다. 이런 일을 두고 자신을 위한 '선물'이라고 표현하는 이들이 있지만, 나는 방해받고 싶지 않을 때 혼자 있을 곳이 필요할 뿐이다. 한두 시간쯤 지나 대충 짐을 풀고 호텔 주변을 어슬렁거린다. 산책이라기보다는 근처를 탐색한다는 표현이 맞겠다. 식사를 매번 호텔에서 해결할 수 없으니 가까운 식당을 알아본다. 편의점이나 약국도 눈에 담아둔다. 무엇보다 커피가 생각날 때 언제든 찾아갈 수 있는 곳을 유의해 살핀다. 얼마쯤 걸으면 대형서점이 있다는 것은 이 호텔의 큰 매력이다.

서점에 가면 어릴 적 놀이동산에 온 것만큼이나 가슴이 설렌다. 보통 몇 바퀴를 도는 것 같다. 서가 한쪽에 앉아 책을 읽는 사람, 이 책 저 책 뺐다 꽂았다 하는 사람, 흐트러진 책을 정리하는 직원, 카트에 실린 책을 지정된 곳에 꽂는 직원까지 나를 아는 사람은 단 한 명도 없다. 오늘 내가 고른 책은 오르한 파묵의 소설 『내 이름은 빨강』과 산문집 『다른 색들』이다.

2013년 이스탄불에 두 번째로 갔을 때, 순수박물관에 간 적이 있다. 2006년도에 『검은 책』으로 노벨문학상을 받은 오르한 파묵의 순수박물관이 실제 이스탄불에 지어졌다는 소식을 접한 때문이었다. 나는 파묵이 노벨문학상 받은 다음해에 처음 이스탄불에 갔고, 순수박물관이 지어진 다음해에 다시 이스탄불에 갔다.

추르크주마 대로 옆에 위치한 3층짜리의 빨강색 목조건물, 순수박물관을 보는 순간 『내 이름은 빨강』이 아니어도 파묵의 색깔이 빨강인가? 하는 생각을 잠시 하게 했다. 박물관은 소설 속 주인공이 쓰던 소품과 그곳을 지을 때 쓰였던 건물 설계도 등 소설 『순수박물관』과 연관된 물건들로 가득했다. 참 별의별 것들을 다 모아놨구나 했는데, 남자주인공 케말의 집요한 사랑을 읽고 나서 어느 정도 이해가 되었다. 그는 연인 퓌순과 관련된 모든 것들을, 하다못해 그녀가 피우던 4천여 개의 담배꽁초까지 전시하였다. 나는 그곳 서점에서 원어로 된 『The Black Book』을 기념으로 사 왔다. 기회가 된다면 파묵에 대한 글을 맘먹고 써보고 싶었던 때문이다.

책을 들고 호텔로 오는 발걸음이 가볍다. 언덕 끝에 보이는 숙소가 멀게 느껴지지 않는다. 한적한 거리, 예전의 명절 기분은 들지 않는다. 거리를 걷는 이들이 턱없이 줄었고 상점과 음식점들은 한산하다. 초저녁부터 불이 꺼진 대부분의 상가, 코로나19는 사람이 살아가는 방식마저 순식간에 바꿔놓았다.

호텔에서의 시간은 느리게 흐른다. 그렇지만 지루하지 않다. 창밖으로 보이는 어둑해지는 하늘을 보는 즐거움도 지나가는 자동차를 생각 없이 내려다보는 것도 좋다. 어둠이 깔리는 이른 저녁을 9월과 10월 사이에서 바라다본다. 가끔씩 크고 작은 선물보따리를 손에 들고 어디론가 바삐 걸어가는 사람을 보고, 가을바람에 흔들리는 가로수 이파리를 본다. 자동차 경적소리는 어딘가로 떠나는 사람들의 시간을 재촉한다. 나는 그런 시간의 밖에 있다.

바람이 차졌다. 창문을 닫고 커튼을 친다. 스마트폰에 연결된 라디오를 켠 후 문밖에 'Do Not Disturb' 팻말을 걸어둔다. 통유리로 된 욕실 안에서 몸이 나른해질 때까지 따뜻한 물을 맞는다. 펑퍼짐한 파자마로 갈아입고 미니바로 가 맥주를 꺼내 유리잔에 따른다. 한 모금의 맥주와 한밤의 음악과 고즈넉한 서울의 야경. 분명 처음이 아닌데도 지구 반대편 어느 곳에 와 있는 듯한 기분이 든다.

집에서 챙겨온 오르한의 『이스탄불』을 펼친다. 그의 추억을 이야기한 자전 에세이집이다. 파묵의 어린시절을 따라 걷는 이스탄불이라는 도시는 천천히 움직이는 트램tram에 앉아 보스포루스 해협을 바라보는 것만큼이나 황홀하다. 그런데 하나같이 그의 책은 두껍다.

"행복해지기 위해 나는 매일 일정량의 문학에 관심을 가져야 합니다."

서점에서 펼쳤던 『다른 색들』에서 읽었던 문장이다. 파묵은 할 이야기가 많은 사람인가 보다. 그의 글은 소설도 에세이도 묘사가 섬세하여 글자를 따라 그림이 펼쳐지곤 한다. 상상은 그곳을 경험해본 자만의 특권, 이스탄불에 몇 차례 가봤던 나는 눈을 감음과 동시에 익숙한 그곳을 자유롭게 거닐게 된다. 어떤 골목을 지나면 무슨 길이 나오는지, 어느 상점이 가장 늦게 불이 꺼지는지, 내가 서 있는 곳에서 성소피아성당은 몇 걸음을 더 걸어야 하는지도 그려진다. 어쩌면 사실이 아닌, 상상이 만들어내는 길일지도 모르겠지만 나는 가끔 그런 여정을 즐기곤 한다.

아직 반도 읽지 못한 책을 밤새 읽을 양으로, 되도록 편안한 자세를 취한다. 보조의자에 두 다리를 포개 얹고 돋보기를 집어든다. 나는 아마도 이 밤이 샐 때까지, 이스탄불을 걸을 것만 같다. 호텔에서의 시간은 이런 것들이 완벽하게 가능하다는 점에서 유익하다.

철학을 공부하는 한 가지 방법

기독교인은 성경을 필사하고 작가지망생과 초보작가들은 문학작품을 필사한다. 성경말씀을 바로 알기 위해 필사하는 것이며 문학작품의 본뜻과 흐름을 깊이 이해하기 위해 필사한다. 나도 그랬고, 요즘도 가끔 필요에 의해 필사한다. 최근에는 K선생으로부터 제안을 받아 G. E. 무어(1873-1958)의 『윤리학 원리』를 필사했다. 나에게는 행운이었고 새로운 전기였다. 이 책은 K선생의 스승인 정석해(1899-1996) 교수가 1950년대에 번역한 철학서로, 다시 출판하기 위해 한글 파일로 만드는 일을 내가 맡은 것이었다.

무어는 비트겐슈타인(1889-1951)의 케임브리지대학교 박사학위 논문 심사위원이었다. 그는 "내 스스로 이 천재다운 연구를 검토하였고 내가 이것을 완전히 이해하지 못한다고 하더라도 논고가 철학박사 학위를 받기에 충분하다는 점은 명백하다"고 했다. 그가 제출한 심사보고서는 매우 솔직하고 감동적이었다. 나는 무어가 1939년 케임브리지대학교 교수에서 퇴임하면서 그 자리를 비트겐슈타인에게 물려주었다는 것은 다른 글을 통해 읽었지만 그의 저서를 직접 대면하기는 이번이 처음이었다.

400페이지짜리 철학 서적을 타이핑하는 일은 여러 가지로 어려웠다. 무엇보다도 이 책의 번역자가 19세기 말에 출생해 20세기 전반부의 언어를 사용한 분이니 오늘날 우리들 언어와 다른 점이 많았다. 우리말이 지난 반세기 동안 이렇게 바뀌었나 하고 스스로도 새삼 놀라웠다. 게다가 원서 번역본이기에 그 안에 들어 있는 내용을 제대로 이해하지 못하는 데에서 오는 갑갑함도 컸다. 서문부터가 그랬다. 무어가 말한 "문제의 초점을 명백하게 정해놓으면 그 문제를 해결하기가 쉬운 경우가 많으리라고 나는 생각한다"는 부분은 어슴푸레 이해가 됐다. 그러나 그 다음 문장, "(1) 어떤 종류의 사물이 그 자체를 위해서 존재해야 하는가? (2) 우리는 어떤 종류의 행위를 해야 하는가?"는 이해가 불가능했다. 사물이 그 자체를 위해 존재해야 하는가라는 물음은 물음 자체가 해독되지 않았고, 어떤 종류의 행위를 해야 하는가는 상식적인 질문 같은데 무어가 그런 상식적인 질문을 하지는 않았을 것 같았다.

K선생을 만났을 때 물어보았다. 그는 한국에서 무어의 『윤리학 원리』을 통째로 읽은 사람은 쉰 명이 안 될 거라며 아주 엉뚱한 대답을 내놓았다. 한술 더 떠 내가 그 쉰 명 안에 들어간다며 자부심을 가져도 좋다고 했다. 질문에 대한 설명을 해달라고 했지만 나중에 알게 될 거라며 딴전을 피웠다. K선생은 평소에도

이런 동문서답을 잘 한다. 하여 새삼스러울 것도 없었지만, 이 말은 나에게 새로운 자극을 주었다. 그래서 나는 타이핑을 하면서 무어의 이 책을 이해하려는 발칙한 시도를 하게 되었다.

철학사에서 분석윤리학의 효시로 알려진 『윤리학 원리』는 G. E. 무어가 서른 살이던 1903년에 출간한 책으로 그는 "선善이란 무엇인가?"를 계속해서 질문한다. 무어는 윤리학적 물음을 크게 두 가지로 보는데 그 하나가 본래 선에 관한 물음이고 나머지 하나는 윤리적 행위와 도덕적 의무가 무엇인가에 대한 것이다. 전자는 존재하는 대상이 무엇인가를 묻는 것이고 후자는 무엇을 해야 하는가를 묻는 것이다. 무어는 본래의 선을 묻는 것이 윤리적 행위와 도덕적 의무가 무엇인가에 대한 물음보다 논리적으로 선행되어야 한다고 지적했다. 또한 철학자들이 물음에 대한 대답에 급급했지 그 질문의 뜻이 무엇인지 의미를 규명하려하지 않는 것에 대해 비판했다. 나아가 그는 이 두 물음을 철학적으로 분석하였다.

무어는 아리스토텔레스를 비판하면서 습관적이고 본능적인 정도의 내용밖에 내포하지 않는 미덕을 두고 그 자체를 '선'이라고 말하는 것은 매우 불합리하다고 했다. 칸트에게도 호의적이지 않았는데, 아마도 증명되지 않고 관념으로만 존재하는 형이상학에 기준을 두고 우리의 윤리적 행위를 판단할 수 없다는 뜻 같았다. 나로선 무어가 뜬구름 잡는 형이상학을 싫어하는 것으로 이해됐다. 나의 질문에 K선생은, 무어는 칸트식의 관념론을 비판하는데 그것이 분석철학과 언어철학의 시초가 되었다고 말했다.

그러면서 파르메니데스가 '존재와 사유의 일치'를 말했고, 분석철학과 언어철학의 입장에서 보면 형이상학이 존재에 일치하지 않는 사유를 만들어내기 시작했고, 그것을 두고 비트겐슈타인이 『논리철학논고』의 마무리에서 "말할 수 없는 것에 대해서는 침묵해야 한다"라고 쓴 이유라고도 했다.

사실 내가 철학에 대해서 들은 것은 철학개론이 전부였고, 그때 나는 철학이 무엇인지도 이해하지 못했다. 그나마 최근 들어 K선생이 함께 문학을 하는 작가들에게 일주일에 한번 철학세미나를 하는 곳에서 주워들은 게 전부였다. 신기한 것은, 처음 세미나를 접할 때는 아무리 K선생이 쉽게 말해도 돌아서면 잊어버리곤 했는데 여섯 달 정도가 지나다보니 무슨 이야기인지 대충 감이 오기 시작했다는 사실이었다. 꼭 낙수가 바위를 뚫는 격이라고나 할까. 그런데 신기하게도 무어의 책을 타이핑하면서는 수업에서 들은 내용들이 일부 되새김되기 시작했다는 것이다.

더욱이 이 책을 타이핑하는 중에 관여 선생님의 수필에서 '몽테뉴'에 대한 글을 읽었는데, 몽테뉴가 했던 비슷한 말이 무어에게서도 발견되었다. 몽테뉴는 삶의 지혜는 결국 '즐기자 떳떳하게 즐기자'에 있다고 주장하는데 무어가 소개하는 J. S. 밀의 '쾌락만이 욕망되는 것', 시즈윅의 '인간 존재를 떠난 것들은 선일 수가 없다', 그리고 무어의 '도덕을 실천하려는 무의식적 습관은 가장 일반적인 형태인데 이에는 아무런 본질적 가치도 없는 것이다'라는 주장들과 연결되는 것으로 이해되었다. 물론 무어는 『윤리학 원리』에서 몽테뉴라는 이름을 적지는 않았다. 그렇지만 몽테뉴의 생각을 무어에게서 발견한 것이 나로선 믿기지 않았고 몽테뉴의 말을 무어에게서 발견한 것 또한 믿기지 않았다. 즐김·쾌락·선·습관 등이 연상되는 것이 무엇보다 신기했다.

K선생은 서양철학에서는 철학사를 알아야 철학을 하는 게 가능하다고 한다. 왜냐하면 서양의 철학자들은 일반적으로 이전 철학자들의 주장과 이론을 비판하면서 자신의 철학이론을 세운다는 것이다. 그러면서 그는 철학 원서 스무 권을 정독하면 철학사를 이해하고 철학자가 될 수 있다는 말도 안 되는 말을 했다. 게다가 철학은 모르고 사는 게 더 행복할 수 있으니 타이핑만 하고 내용을 알려고 하지 말라는 말까지 덧붙였다.

나는 그 말을 듣고 오기가 생겨 무모한 도전을 해보자는 용기를 가졌다. 따지지 말고 번역된 철학 원서 스무 권만 읽어보자는 것이었다. 이왕이면 사람들이 성경을 손으로 쓰고 문학작품을 필사하듯이 철학 원서를 직접 타이핑하는 방법을 선택했다. 때마침 K선생은 『윤리학 원리』 후속으로 베르그송의 『시간과 자유의지』의 타이핑을 맡겼다. 나는 지금 이 책을 타이핑하고 있다. 그냥 타이핑이 아니라 내가 읽어야 할 철학 원서 스무 권 중 두 번째 책을 읽는 중이다. 간간이 공책에 옮겨 적는 일은 덤으로 따라붙는 즐거움이다. 나는 나름대로 철학하는 방법을 발견한 셈이다.

부끄러운 고백인데, 철학공부를 하면서 체계가 갖춰지지 않아 늘 목이 말랐다. 철학자들의 생몰조차 익혀지지 않아 우왕좌왕했다. 그들의 주장이 헷갈리는 것은 당연했다. 그런 중에 K선생의 제안은 오랜 가뭄에 단비와도 같았다. 이런 것이 아니더라도 그는 가끔 나를 설레게 했다. 공부를 싫어하는 나에게 어떤 식으로든 자극을 주었다. 도움이 될 만한 책을 택배로 보내주는 일은 벌써 오래 전부터 이어졌다. 천천히 한 권씩 읽어가라는 것이었다. 하지만 철학사를 꿰기에는 많은 시간이 필요하므로 전에 없이 마음이 급해졌다. 서두른다고 될 일이 아니란 것을 알았기에 그가 권하는 책부터 천천히 필사하기로 했다. 본격적인 공부는 그 다음에 해도 늦지 않을 터였다.

관여 선생님은 꼭 연필로 원고를 쓰신다. 원고를 쓰기 전에 여러 개의 연필을 손수 깎아 연필통에 꽂아놓고 집필에 들어간다. 남들은 컴퓨터를 이용해 편하게 원고를 쓰는데 굳이 육필을 고집하는 이유가 궁금했다. "연필로 쓰면 내가 써야 할 내용이 그대로 손끝으로 전해진다"고 하셨다. 어떤 글을 써도 몇 권의 책을 읽은 후에야 집필에 들어가는 분이다. 독서를 하면서 독서노트에 적었던 내용을 다시 원고지에 옮길 때는 그 내용이 손끝으로 전해져 그대로 적어지더라는 말씀을 여러 번 들었다. 머리가 기억해주고 손이 따라 써졌다는 말인데, 원고를 보지 않고도 그 내용을 술술 풀어내는 이유가 거기 있었다. 타이핑은 옮길 때 뿐 지나가면 그만이라며 연필로 직접 옮겨 적는 장점을 말씀하셨다. 그런데 나의 경우 손으로 옮긴다 해서 오래 가는 것도 아니었다. 내가 좋아하는 작가의 작품을 몇 차례 필사한 적이 있지만 그뿐이지 그분처럼 술술 끄집어내지지는 않았다. 그대로 말하기는커녕, 그 내용조차 누군가에게 제대로 전달하지 못해 전전긍긍했다.

그러니 타이핑하는 것으로라도 위안을 삼아볼까 하는 것이다. 이렇게라도 할 수 있다는 것이 다행이고 스스로 대견스럽다.

베르그송이 끝나면 어느 철학자가 나를 기다리고 있을지 벌써부터 궁금해진다.

경주慶州

나는 민들레홀씨처럼 어느 날 경주 땅에 떨어졌다. 아는 사람도 없고 연고도 없는 곳이었다. 가방에는 몇 가지의 옷과 세면도구가 들어 있을 뿐. 택시를 타고 무작정 보문단지로 가자고 했다. 차가 출발하자 피로와 함께 며칠째 설친 잠이 일시에 몰려왔다.

H호텔에서 사흘을 묵었다. 커튼을 닫고 꼬박 이틀을 내리 잠만 잤다. 물 마시러 일어났다가 무심코 객실 커튼을 열었을 때, 구름 같은 벚꽃이 한창이었다. 아무렇게나 풀어헤친 머리를 질끈 묶고 밖으로 나가 보문호를 따라 천천히 걸었다. 바람이 불었다. 벤치에 앉아 나와 상관없는 사람들의 웃음소리를 들었다. 행복해보였다. 그들을 따라해보지만 어색한 꼴이 되고 말았다.

다음날 경주역으로 갔다. 그곳에서 자전거를 빌려 타고 불국사에 가볼 참이었다. 그런데 무엇엔가 끌려 보리사 쪽으로 꺾어 들어갔다. 고즈넉한 저녁 풍경이 아름다웠던 동네, 그곳에 나는 터를 잡았다. 대문을 들어서면 오른쪽으로 큰 감나무가 서 있고,

왼쪽에는 허름한 외양간이 있었다. 작은 마당을 통해야 마루에 닿을 수 있는데, 그 집은 방이 두 개이고 주방은 재래식이었다.

나는 그 집이 마음에 들었다. 부엌과 연결된 안방에는 앙증맞은 다락이 있었다. 다락에 떡을 사다놓기도 하고 과일을 넣어두기도 했다. 주로 안방과 연결된 작은방에서 잠을 자거나 책을 보거나 일기를 썼다. 일부러 고른 집이 아니었는데도 나는 그 집에서 삶의 기운을 받았다. 그 집에 있으면 모든 것이 정지된 듯 고요했다. 전화기도 없고 텔레비전도 라디오도 없었다. 어떤 날은 자다가 내 숨소리에 놀랄 때도 있었다.

하릴없는 나는 주인 없는 강아지처럼 자전거로 경주시내를 돌아다녔다. 다행히 돌아올 곳이 있었다. 얼굴이 벌게지도록 자전거를 타다 돌아오면 다리도 풀리고 몸도 녹아내렸다. 스르르 초저녁잠에 빠진 어느 날, 천둥 치는 소리에 화들짝 잠에서 깼다. 밖은 비가 내리고 있었다. 문을 열었다. 빗물이 방안으로 들이쳤다. 젖은 마당에 감이 하나둘 떨어지고 있었다. 다음날은 쾌청했다. 등 뒤로 기분 좋은 햇살을 받으며 페달을 밟았다. 석굴암 쪽으로 향했다. 잠시 걸음을 멈추고 마른 목을 축였다. 상쾌한 바람, 눈 아래 펼쳐진 웅장한 자연 앞에 사람은 얼마나 왜소한 존재인가. 그때 골방에서 울던 어릴 적 내 모습이 떠올랐다.

대학 입시가 끝나고 하루 사이에 불어닥친 집안의 불행은 나를 절망케 했다. 출산한 지 얼마 안 된 둘째올케가 경운기 사고로 한쪽 다리를 절게 되었다. 여동생을 만나고 돌아가는 사돈을 막내오빠가 오토바이로 모셔다 드리겠다고 함께 타고 가다가 한겨울

모래 적설장을 들이받았다. 사돈은 수차례 성형수술로 전혀 다른 얼굴이 되었고, 막내오빠는 두 번의 뇌수술로 생사를 오갔다. 큰오빠와 둘째오빠는 많은 땅을 헐값에 내놓아야 했다.

그 후 서울에서 셋째언니가 상의도 없이 간호학원에 접수를 해놓고 나를 불렀다. 강동구의 어느 병원 응급실에서 일하던 나는 결핵에 감염되었다. 약물치료와 왼쪽 쇄골 임파선 수술로 20대 대부분을 병원을 오가며 보냈다. 하는 일도 없이 엄마한테 용돈을 얻어 썼다. 서른다섯 살쯤 되었을 때, 동생은 내게 가시 돋친 말을 던졌다. 언제까지 엄마 등골을 빼먹을 거냐고, 나 때문에 그동안 자신이 포기한 일들이 얼마나 많았는지 알고는 있느냐며 울먹였다. 온몸이 굳어져 나는 어떤 말도 할 수 없었다. 혼자서는 아무것도 할 수 없는 내가 벌레로 보였다. 병病 뒤에 숨은 내 자신이 너무도 비겁했다. 휴지처럼 구겨서 아무데고 나를 버리고 싶었다.

어떻게 살아야 할까? 산다는 것은 무엇인가? 나는 무엇이 되어야만 하는가? 백지처럼 머릿속이 온통 하얘졌다. 임어당(1895-1976)은 목적이나 의미가 인생에서 반드시 존재해야 하는 것은 아니라고 말했다. 큰딸이 결혼에 실패해 집으로 돌아와 자살을 했을 때도 "이 세상 인간에게 주어진 목숨은 오직 하나뿐, 그렇기 때문에 온갖 방법으로 그것을 누려야한다"고 말하지 않았던가.

나는 목숨을 생각했다. 삶은 의지가 없어도 호흡을 가능케 한다. '살아 있는 것만으로도 족하지 않은가'라던 어느 시인의 음성이 환청처럼 들려왔다.

보리사 스님이 가끔 마을로 내려와 나를 찾았다. 속세 나이로 본다면 나보다 많아야 열 살쯤 들어보이는 스님은 목소리만 아니라면 남성으로 착각할 상이었다. 그분은 내게 장기를 두자고 했다. 한치 앞도 내다보지 못하는 나는 매번 장기에서 졌다. 지는 장기였지만 재미났다. 장기판에서 스님의 길을 읽어갈 때는 진지해졌다. 그분은 내게 힘들 때는 무작정 도망치려하지 말고 그것 안에서 견디는 연습을 해보라고 권했다. 사는 것이 알고 보면 특별할 것도 없다면서 그냥 재미나게 살라고 했다. 나에 대한 모든 답은 내가 가지고 있다면서 당신 손바닥을 내 손등에 올리고 꾸욱 눌렀다. 그곳에서 나는 가을이 다 가기 전에 짐을 쌌다. 스님과는 어떻게 작별인사를 나누었는지 기억나지 않는다. 우리는 더 이상 만나지 못했다.

나는 아직 경주를 쉽게 말하지 못하고 살아왔다. 애써 기억하려고도 하지 않았다. 돌아보면 내 안의 어떤 가슴의 공동空洞처럼 블랭크 같은 시간이었다. 그곳에서 내가 한 일은 아무것도 없었다. 책을 읽었지만 기억에 없고, 그곳 사람들과 사귀었지만 떠나오면서 그만이었다. 자전거로 달렸던 거리도 이젠 가물거린다. 경주에서의 나는, 그야말로 빈 칸으로서의 존재였다.

15년이 더 지났다. 기억에 선명한 건 스님과 툇마루에 앉아 장기 두는 장면만 아득히 떠오를 뿐이다.

버려진 식탁

골목 귀퉁이에 식탁 하나가 뒤집힌 채로 버려져 있다. 네 개의 다리가 하늘 향해 항거 중이다. 식탁과 함께했을 의자들은 이리저리 제멋대로 널브러져 있다. 아직 멀쩡해 보이는 식탁. 어쩌다 하루아침에 수거딱지를 붙인 채 차가운 거리에 나앉았나.

내게도 한때 저런 식탁이 있었다. 누군가의 아내가 되어, 밥때가 되면 나물을 무치고 생선을 굽고 찌개를 끓여 식탁 위에 올려놓았다. 그 누구도 대신할 수 없었던 자리. 주방은 나에게 행복한 공간이었다. 나만의 공간에서 책을 읽고, 때로는 음악을 들었다.

어느 날부터인가 식탁에서 웃음이 사라졌다. 나는 그 식탁을 남겨두고 현관문을 나섰다. 가방에는 며칠 묵을 수 있는 옷가지들뿐이었다. 다시는 그 자리로 돌아가고 싶지 않았다. 아쉽다거나 슬프지 않았다. 외려 홀가분했다. 비린 생선을 굽지 않아도 되었고 시간을 정해 밥상을 차리지 않아도 좋았다. 그의 비위를 맞추며 우아한 미소를 띠지 않아도 됐으며, 무엇보다도 나를 가장

하지 않아도 되니 그만이었다. 현관을 나서자 또 다른 내가 나를 기다리고 있었다.

가장 자신 있던 일이 떠나고 나니 너무나도 하기 싫은 일이 되었다. 당장 밥시간이 지나도 불안하지 않았다. 끼니 걱정 없이 밖을 돌아다녔다. 나의 밥상은 단출해졌고 시간은 온전히 나를 위해 쓰였다. 그곳을 벗어나면서 나의 숨소리가 달라졌다.

그 식탁을 장만할 때 나는 좀 신중했다. 원형이나 정사각형보다는 직사각형에, 세련된 하이그로시보다는 클래식한 원목에 끌렸다. 생동감 넘치는 나무의 결이 무엇보다 맘에 들었다. 어머니는 나무 식탁이 쉬 상할 수 있다며, 오래 쓸 것이니 식탁보를 씌우거나 유리를 얹으라고 했다. 나는 나무 그대로의 문양이 좋았다. 어쩌다 식탁에 상처가 난다 해도 그것은 내 삶의 무늬가 될 것이었다. 가구점 사장은 고급 가죽을 두른 의자를 권했다. 나는 식탁과 같은 나무의자에 방석을 올려 쓰기로 했다. 나무 본연의 질감을 느끼고 싶었다. 때론 방석을 치우고 딱딱한 의자에 앉아 나무에 걸터앉은 기분으로 시간을 보내고도 싶었다. 식탁은 아담한 주방에 비해 다소 큰 듯했으나, 한편에 꽃병을 놓고 장미무늬 찻잔을 은쟁반에 얹어 놓아두니 제자리인 듯 알맞았다.

식탁에 둘러앉아 식사하는 나의 가족을 상상해보았다. 아들 하나에 딸 둘이라면 좋겠다. 끼니마다 시끌벅적한 식탁은 우리가 건강하다는 것을 증명한다. 어떤 음식을 내놓아도 행복해하는 나의 가족들. 내가 태어난 이유는 온전히 이 날들을 위해서이다. 가끔 야식을 만들고 주말에는 도시락을 싸서 교외로 나간다.

음식은 정성이 반이라는 말은 진리 중에 진리, 내 가족을 위해 기꺼이 발품 팔 준비가 돼 있었다.

언젠가부터 그는 외출에 나를 동반하지 않았다. 나도 그와 함께하지 않았다. 우리는 같은 공간에서 각자 방식대로 살았다. 기다랗고 넓은 식탁은 어느 한쪽에 앉아 식사하는 우리 중 누군가의 나머지가 되었다. 꽃이 사라진 빈 꽃병은 며칠째 움직인 적 없는 찻잔 옆에 멋쩍게 서 있었다. 반짝이던 은쟁반에는 흙터처럼 먼지가 눌러붙었다. 소리도 냄새도 사라진 주방, 음울한 침묵만이 가득했다. 내 꿈이 소박한 것이라고 믿었던 것은 착각이었을까. 평범함도 낯설어졌다. 누구나 가질 수 있는 것이 아니었다. '평범'이란 말이 어떤 말이었나 싶게 그 후 생활은 내 생각과 어긋나기 시작했다.

버려진 식탁 위에 빗방울이 떨어진다. 나는 고개를 떨군 채 한참을 그 자리에 서 있다. 두고 온 식탁이 생각난다. 단란한 가정을 그렸던 나는 그 그림을 완성하지 못하고 식탁을 떠났다. 마음에서 멀어진 사람을 위해 더 이상 밥을 짓지 않기로 한 것이었다. 끝내 온기가 사라진 공간, 그도 나도 서로에게 한 뼘의 정도 내주지 않았다.

발길을 돌린다. 이 비 그치고 나면 저 식탁이 누군가에 의해 쓸모를 되찾았으면 싶다. 아니, 설령 부서져 땔감이 되더라도 자신의 역할이 무엇이었는지를 잊지 않았으면 한다. 내가 여직 온전한 가정을 품어보지 못한, 내 아이들을 꿈꾸며 그리워하고 있는 것처럼, 버려진 식탁도 한때나마 행복했던 시절을 기억했으면 좋겠다.

비 내리는 거리를 걷다

창밖이 어둑하다. 단풍이 그 어둑한 기운에 흠뻑 젖어 있다. 모자를 눌러쓰고 산책길에 나선다. 아파트 현관을 벗어나자 보슬비가 내린다. 우산을 챙겨갈까 잠시 망설이다가 그대로 걷는다. 어차피 긴 시간을 작정한 것은 아니다. 종일 집안에 앉아 있자니 갑갑하기도 하고 문득, 바깥을 걷고 싶어졌다.

서울 변두리 아파트 주변은 언제나처럼 조용하다. 산 밑이고 세대 수가 적은 편이어서 그런지 시끄럽거나 어수선하지 않다. 동네를 걸어도 아는 사람이 없다. 신경쓸 일이 없어 그저 편안하다. 낙엽을 쓸던 경비아저씨는 내가 누구인지도 모르면서 습관처럼 인사를 한다. 나도 고개를 숙이며 깊이 눌러쓴 모자를 매만진다. 양쪽 길가에 주차된 자동차 위로 단풍잎이 뚝, 뚝, 떨어진다.

수락산역 쪽으로 방향을 잡는다. 아파트단지를 벗어나 초등학교 울타리를 따라 2백여 미터 걷다보면 수락산 등산로로 향하는 길이다. 나는 그 길 반대편을 따라 전철을 타러 가곤 한다. 이사와 한동안은 큰길을 이용했다. 살면서 지름길을 알게 되었고, 웬만하면 그 길로 다닌다.

시간을 정한 산책이 아니어서 걸음을 재촉할 필요가 없다. 돌아오는 시간도 내 마음이다. 천천히 골목을 지나며 주변을 둘러본다. 파란 지붕 집은 아직 감을 따지 않았다. 정원을 가득 메운 감나무. 소담스런 감이 주렁주렁 달렸다. 그 길을 오가며 이제나저제나 감 따는 날을 기다렸다. 사다리를 받치지 않고는 절반도 딸 수 없을 만큼 나무는 지붕을 훌쩍 넘어섰다. 이대로라면 겨울이 올 때까지 감을 딸 수 없을 것이다.

주택가 어린이집 앞 정원에 심어놓은 비트가 제법 모양새를 갖췄다. 세 개씩 심긴 비트는 두 개의 길쭉한 사각 화분에서 살을 찌우고 있다. 그곳을 오갈 때마다 앙증맞은 비트는 나를 웃게 한다. 흙을 밀고 올라오는 비트를 바라보며 아침마다 까르르 웃는 아이들 모습을 상상해본다. 굵은 이파리 사이로 연이어 피어나는 새로운 이파리를 고사리 손가락으로 세는 모습을 보는 재미도 쏠쏠할 것이다. 가까이 다가가 통통하게 살이 오른 비트를 만져보고 싶지만 꾹 참는다. 몰래 뽑아가는 양심 없는 아줌마로 오해받기 싫어서다. 그저 걸음을 멈추고 거리를 둔 채 잠깐씩 바라본다.

엊그제 문을 연 카페는 손님이 한 명도 없다. 주인만이 분주히 주방을 오간다. 건물 하나에 카페 하나가 법칙이라도 되는 양 우후죽순처럼 늘고 있다. 그런데도 빈자리가 없을 정도로 성황이다. 저 집도 방금 한 무리의 손님이 빠져나간 다음이리라.

기회를 만들어 꼭 한번 들어가보고 싶은 막창집은 초저녁부터

만원이다. 막창 굽는 냄새가 아직 저녁식사 전인 내 위장을 유혹한다. 조만간 친구들과 빙 둘러앉아 소주 한 병 마시고 싶다는 생각을 해본다. 그 옆 편의점은 한산하고, 군데군데 술집은 음악 소리와 이른 술꾼들로 북적거린다.

모두들 열심히 산다. 일터가 있다는 것은 살아야 할 이유이다. 희망이 있다는 것이고 도달해야 할 목적지가 있다는 증거이다. 일을 놓은 지 일 년이 넘은 나에겐 벌써 까마득한 옛 이야기가 되어버렸다. 그나마 얼마의 일감을 챙겨온 것이 다행이라면 다행이다.

빗줄기가 눈에 띄게 굵어졌다. 우산을 쓴 사람들이 나를 스쳐 지나간다. 오늘이 입동이라며 처마 밑에 서서 담배에 불을 붙이는 남자가 힐끗 나를 쳐다본다. 남자 옆에 선 여자도 나를 안타까운 듯 건너다본다. 내가 그대로 걸음을 멈추면 손짓이라도 할 기세다. 저들은 나의 무엇을 보았을까. 검정색 트레이닝에 감색 잠바, 넓적한 운동화에 깊이 눌러쓴 모자. 거기에 표정을 짐작할 수 없는 눈빛이 수상했던 것일까? 가만 보니 그들의 옷차림도 나와 다르지 않다. '사는 거 별 거 없다'라고 말하는 듯한 표정이다. 나는 모른 척 걷는다. 그들이 내뿜는 담배냄새가 구수하다는 생각을 하면서 모퉁이를 돌았다. 끈질기게 따라붙는 담배냄새가 낙엽냄새 같다는 생각이 잠깐 들었다. 그리고 문득, 아궁이에 장작불을 지피고 싶어졌다. 오래 전 이때쯤이면 따끈따끈한 우리 집 안방 아랫목에 온 가족이 둘러앉아 저녁밥을 먹었다. 웃음소리도 말소리도 없었지만 세상에서 가장 따뜻하고 행복한 밥상이었다. 어느새 그 밥상머리에 둘러앉았던 우리들은 뿔뿔이 흩어져 하루살이에 여념이 없다. 담배냄새가 왜 장작불을 연상케 하고, 따뜻한 안방 구들을 생각나게 하고, 사랑하는 피붙이들을 데려왔는지 모르겠다. 그 냄새는 잘 익은 낙엽냄새처럼 구수하게 느껴졌다.

은행 카드기기 앞에 선다. 대출이자 나가는 날이라는 문자 메시지를 방금 받았다. 아니다. 아침에 온 문자를 저녁때에야 확인한 것이다. 원금과 이자를 합한 금액이 237,290원. 종일 나는 무얼 하느라 전화기를 들여다보지도 못했나. 눈앞이 흐리다. 돋보기를 놓고 나왔다. 더듬거리며 숫자를 익히고 계좌를 눌러 송금한다. 돈이 빠져나가고, 빠졌다는 알림소리가 들리고, 잔고 얼마라는 문자 메시지가 또 뜬다. 오랜만에 잔고를 확인하면서 한숨을 내쉰다.

언제부턴가 나는 통장 잔고 확인을 하지 않는다. 쌓이지는 않고 빠져만 나가니 확인하는 게 불안했다. 처음에는 가슴이 쓰렸다. 분명 내가 사용한 내용이 청구서가 되어 날아와 통장의 돈을 약속된 날짜에 빼내가는 건데, 도둑맞은 것 같은 기분이 들어 싫어졌다. 그러든 말든 기계는 한 치의 오차 없이 일 원 단위까지 챙긴다.

어물쩍 대충 살아온 나는 자로 잰 듯 정확한 요즘 생활에 숨통이 조인다. 정확하다는 것은 빤하다는 것이다. 나는 이제 앞으로 나아가는 심적 속도가 한심할 정도로 느려졌다는 것을 알았다. 뒤를 돌아보면 지나온 시간이 어처구니없이 길게 늘어섰다. 길은 비비 꼬여 있다. 모두 쓸데없는 소모의 흔적이며 지울 수 없는 자국이다. 내가 원한 것도, 그렇다고 누군가에 의한 것도 아니었다. 어디서부터 꼬인 길인지 짐작할 수 없다. 마음에 들지 않은 길이지만 되돌아가 제대로 다시 걸어보고 싶다는 생각은 추호도 없다. 그리 사느니, 차라리 지금을 정리하고 싶은 생각이 간절해진다.

자살은 죄악이라 했지만, 굳이 그리 해석할 일도 아니지 싶다. 정말 아닐 때는 그것도 하나의 방법일 터이다. 아쿠타가와 류노스케처럼은 아니더라도 나는 나의 자살을 설계해도 좋겠다고 생각하는 중이다. 더 이상 희망이 보이지 않는다면 그런 생각을 해도 괜찮다는 신호라고 본다.

비가 그쳤다. 집으로 돌아가는 길이다. 생각보다 빠른 귀가다. 무엇 하나도 정리되지 않았지만 아무 일 없었다는 듯, 무표정이다. 하지만 나는 다시 로시난테가 되어 그래도 살아야 할 내일을 향해 돌진할 것이다.

언니의 방

내 방문을 열면 거실 왼쪽 끄트머리에 언니의 방이 있다. 알람 소리에 깨어 주방으로 가면서 슬며시 언니의 방에 귀를 대본다. 조용하다. 새벽녘까지 기침을 하며 잠을 설친 언니가 아침에서야 곤히 잠에 들었나 보다.

올 가을 건강검진을 마친 언니는 폐암 판정을 받았다. 의사의 진단이 의심스러워 이 병원 저 병원을 거쳐봤지만 결과는 마찬가지였다. 고요하던 집안은 비상사태로 돌변했고 나는 언니의 간병을 자처했다. 언니에게 2남 1녀의 자녀가 있지만, 내겐 부모와도 같은 분이라, 할 수 있는 무언가를 해주고 싶었다.

수술 날짜는 의외로 빨리 잡혔고 경과도 좋은 편이다. 지금은 퇴원하여 병원에서 짜준 스케줄에 따라 치료를 받고 있다. 그런데 기침이 문제이다. 시도 때도 없이 터져 나오는 기침은 평소 감정표현에 무뎠던 언니조차 고통을 호소하게 했다. 병명을 알고서도, 수술 후에도 전혀 티를 내지 않던 언니다. 오히려 그런 언니를 지켜보는 우리들이 초조할 지경이었다. 통증이 있거나 힘든 일 있으면 말하라 해도 멀뚱히 웃으며 괜찮다, 했었다. 그런데 기침은 언니를 휘잡아 흔들었다. 그럴 때 내가 할 수 있는 일이라고는 기침이 끝나기를 기다렸다가 침상에 쓰러져 있는 언니에게 물 한 컵을 건네주는 게 고작이다. 마음이 무겁고, 아프다.

잦은 기침은 수술 후 나타나는 현상이라지만 아무래도 신경이 쓰인다. 언니가 어떤지 방문을 열어보는 것이 두렵다. 그렇다고 그냥 두고 보기도 어렵다. 심한 기침으로 흉통을 호소하는 언니 가슴에 복대를 둘러주었다.

언니가 화장실에 간 틈을 타 공기청정기 전원을 켜고 바닥과 가구 등을 물걸레로 닦는다. 책상에는 참고 서적이며 교과서들이 가득이다. 침대 밑에도 이런저런 인쇄물들이 산더미처럼 쌓여 있다. 종일 침상에 누워 지내는 줄 알았는데, 틈틈이 공부를 하고 있었던가 보다.

칠십을 바라보는 늦깎이 대학생 언니는 곧 있을 4학년 기말시험을 포기할 수 없다고 했다. 가능하다면 동료들과 졸업을 같이 하고 싶고 졸업 후 다른 공부를 시작하고 싶은 꿈이 있었다. 남들처럼 제때 공부하지 못한 한을 풀려는 것일까, 언니의 학교생활은 눈물겨울 정도로 성실하다. 이번에 시험을 못 보면 계획에 차질이 있을 거라는 언니의 표정이 사뭇 진지하다. 나는 학교 사무실에 전화 걸어 사정 이야기를 하고 시험을 대신할 수 있는 방법이 있는지 물었다. 시험 당일 입원해 있거나 응급실에 다녀왔다는 진료 확인서가 있으면 과제물로 대체 가능했다.

이비인후과 의사인 언니의 둘째아들에게 전화를 걸었다. 시험 당일 응급실에 갈 것인데, 적당히 둘러댈 증상을 말해달라 했다. 조카는 단번에 "안 된다"고 했다. 목숨이 걸린 문제도 아니고, 환자로서의 도리가 아니라며 난처해했다. 외려 이번 시험을 포기하고 마음 편히 한 학기 더 다니는 쪽을 권했다. 편법을 쓰려 했던 나는 얼굴이 따끔거렸다. 조카는 이모 마음은 십분 이해하나, 순리대로 가는 게 옳은 것 같다면서 전화를 끊었다. 내 꼴이 우스웠다. 나와 조카의 통화 내용을 듣던 언니가 기침을 하며 한참을 웃었다.

"누울 자리보고 다리 뻗으랬잖아. 둘째는 큰애와 달라. 걔가 어떤 앤데."

둘째가 고지식한 면도 있지만, 무엇보다도 내 방법이 언니도 마뜩찮다는 것이었다. 피식, 웃음이 났다. 조카의 말이 아니어도 내 방식이 유치하기는 했다. 응급실은 절박한 상황에 놓인 환자가 가는 곳이다. 누구라도 거짓으로 출입할 그런 곳이 아니다. 목숨이 오가는 이들의 시간을 우리가 뺏을 뻔했다는 생각에 이르자 부끄러움에 얼굴은 더욱 화끈거렸다.

흐트러진 종이들을 정리하면서 방안을 빙 둘러본다. 화장대 오른쪽에 친정어머니 사진이 보인다. 장미농장에서 외숙모와 함께 찍은 사진을 사진관에 가지고 가 엄마 모습만 따로 편집한 것이다. 무슨 일이 있을 때마다 어머니께 보고하고 힘을 얻곤 한다는 그 사진. 나는 어머니를 똑바로 바라보며 언니 잘 부탁한다고 말씀드린다. 어머니는 그 모습 그대로 나와 눈을 맞추며 웃으신다.

며칠 후면 언니의 기말시험일이다. 간밤에도 새벽 내 기침하며 책장을 넘겼으리라. 언니가 조금이라도 더 주무시도록 나는 까치발로 언니 방 앞을 오간다. 오늘 아침에는 토스트를 해볼 참이다. 빵을 굽고 달걀 프라이와 치즈를 얹고 잼을 바른다. 사과랑 바나나를 넣어 갈아 만든 주스와 커피를 준비한다. 간편식을 싫어하는 형부를 위해서는 국을 데운다.

언니의 방 앞에 선다. 내가 방문을 노크하면 언니의 하루가 시작될 것이다. 미세먼지로 창을 여는 것마저 제한된 언니의 방, 답답한 공간일망정 언니의 하루가 공부로 해서 행복하기를 바란다.

어떤 풍경

자동차전용도로가 나면서 복희 씨네 농장 일부가 수용되었다. 천여 평의 꽃농장은 절반 정도가 잘려나갔고 팔린 땅 한쪽에 예순 가량 되어 보이는 아저씨 한 분이 이사 왔다. 공터에 컨테이너박스 하나가 덩그마니 놓이는가 싶더니 아저씨는 그곳에서 고장 난 자동차를 고치며 생활했다. 그도 얼마 안 가 터는 경매에 넘어갔다. 무슨 사연인지는 모르겠으나 아저씨는 땅을 사면서 사기를 당했다고 했다.

며칠 기계 소리로 농장 주변이 시끄러웠다. 열린 비닐하우스 안으로 매연이 가득 찰 때도 있었다. 복희 씨는 속만 태울 뿐 꽃 아나가 따지지도 못했다. 아저씨도 어디 갔는지 보이지 않았다. 새로운 땅 주인은 덤프트럭으로 흙을 싣고 와 종일 땅을 메웠다. 아저씨네 컨테이너박스가 위태로워보였다.

나는 복희 씨네 꽃농장에서 두 달째 일하는 중이다. 매장을 정리하고 마땅한 일이 없는 내게 복희 씨는 바쁠 때마다 농장 일을 맡긴다. 워낙에 꽃과 흙을 좋아하기에 흔쾌히 응했다. 종일 나 혼자 하는 일도 아니고, 내가 좋아하는 복희 씨와 같이하는 일이어서 즐거웠다. 복희 씨는 나의 둘째언니이다.

복희 씨와 출근하면 농장 문을 활짝 열어놓고 커피 주전자에 물 올리는 것으로 하루를 연다. 커피를 기다리며 나는 맞은편 컨테이너박스를 내다본다. 아저씨네 컨테이너박스가 반쯤 열린 측창으로 비끼듯 서 있다. 사람이 사는 것 같지 않은 집. 흙더미 끄트머리에서 외딴섬처럼 보였다.

사업에 실패한 아저씨가 마지막 희망을 걸고 이곳으로 와 정착했다. 벌써 3년. 물도 전기도 쓸 수 없는 곳에 달랑 컨테이너박스 하나 가지고 온 아저씨는 한동안 복희 씨 부부의 도움을 받았다. 그런데 한번 말을 꺼내면 좀처럼 끝나질 않는다고 했다. 시도 때도 없이 농장을 흘끗거리는 것도 거슬렸고 남편이 없을 때 찾아오면 신경이 쓰여 일은 곧잘 중단되곤 했다. 듣기 좋은 말도 한두 번이지 누군가의 실패담은 은근슬쩍 자신에게 옮겨붙는 도깨비풀 같아서 듣기에도 거북했다. 그 뒤로 아저씨를 만나면 되도록 인사만 하고 슬쩍 농장 안으로 들어와 바쁜 척 일을 해야 했다.

물이 끓는다. 종이 컵 두 개를 꺼내 믹스커피를 뜯어 넣고 끓는 물을 붓는다. 아침 8시가 되려면 아직 시간이 남았다. 복희 씨와 나는 나무의자에 나란히 앉아 뜨거운 커피를 마신다. 자매간의 이런 시간이 소중하다. 일부러 만들 수 없는 시간이기에 더욱 그런지도 모르겠다. 의지할 형제가 있다는 것이 얼마나 다행한 일인가. 나는 그때 "아저씨에게는 형제가 없는 걸까? 가족은?" 하고 물으려다 그만두었다.

우리는 커피를 다 마실 때까지 측창을 통해 멀리 마을을 감상하곤 한다. 띄엄띄엄 보이는 집마다 지붕에 햇살이 내려앉았다. 완연한 봄이라지만 농장은 도로가 나면서 그늘이 져 한낮이 아니고는 온전한 볕이 들어오지 않는다. 복희 씨가 빈 종이컵을 구겨 쓰레기통에 넣으며 라디오 주파수를 맞출 때, 아저씨는 컨테이너 박스에서 나와 조루를 들고 어딘가로 향한다. 아저씨 입에서 연신 입김이 새어나왔다. 작업용 잠바에 솜바지를 입은 아저씨 모습은 아직까지 한겨울이었다.

"저 아저씨 조루 들고 어디 가는 거지?"

나는 커피가 남아 있는 종이컵을 감싸쥐며 복희 씨를 불렀다.

"꽃을 심었더라구."

새로운 주인이 몇 대의 덤프트럭을 몰고 와 땅을 돋을 때 우리는 아저씨가 걱정되었다. 세상 끝으로 와 간신히 터를 잡은 아저씨가 이제 어디로 가게 될지 궁금하고 또 불안했다. 그나저나 아저씨한테는 정말 가족이 없는 걸까. 아니면 가족한테 폐가 될까 집을 떠나온 걸까. 별별 생각이 머리를 어지럽혔다.

세상과의 문을 걸어 잠그고 혼자만의 세계에 갇혀본 사람들은 안다. 문득문득 아침이 두렵게 다가오기도 한다는 것을. 누구와도 눈맞춤하기가 불편하다는 것을. 그러면서도 더디게 가는 시간이 불안하고 바쁘게 움직이는 하루하루가 숨 막히게 답답하다는 것을. 무엇을 해도 앞이 보이지 않을 때 그들은 차라리 깊고

긴 잠을 기다리기도 한다는 것을.

가끔 나 혼자 황량한 벌판에 맨몸으로 서 있는 꿈을 꾸곤 한다. 지옥과도 같은 시간. 벗어나려하면 할수록 고통은 배가 되었다. 한 뼘의 자유조차 용납하지 않는 좁은 공간에서의 상황이 두렵고 무서웠다. 죽음이 그 고통의 끝이라면 차라리 그것을 택하는 것이 나을 거라고 생각했다. 목소리도 손짓발짓도 모두 묶여버린 나는 그대로 그 자리에 못박여 말라가고 있었다. 어렵게 꿈에서 깨어나면 온몸은 땀으로 축축했다. 어느 쪽이 현실인지 인지하지 못한 채 광인狂人처럼 앉아 있던 때도 있었다.

내가 사랑하는 복희 씨. 나는 가만히 손을 뻗어 언니의 거친 손을 꼭 잡았다. 힘들 때 손을 뻗으면 늘 누군가가 있다는 것이 새삼 고마웠다. 혈육이 존재한다는 것만으로 든든한 시간들, 나는 그 시간을 걷고 있는 것이다. 아저씨도 지금 그런 울타리가 필요할지도 모른다.

복희 씨네도 나도 넉넉한 살림이 아니어서 마땅한 도움을 줄 형편은 못되지만 아저씨를 보기가 안쓰러웠다. 아저씨의 사정을 알아야 할 이유도 없고 도움도 못 주면서 남의 사정을 알아 뭣할까마는 그래도 사람인지라 마음이 가는 것은 어쩔 수 없는 일이었다.

새로운 주인이 출현하고부터는 농장 주변이 조용한 날이 드물었다. 공사를 하면서 인부들이 버린 쓰레기가 바람에 이리저리 나뒹굴었다. 사내들의 거친 말과 담배연기, 매연냄새가 가뜩이나 된일로 지친 몸을 더욱 피곤하게 만들었다. 사람 사는 곳에 사람이 들어오고, 그 사람이 자기 필요한 대로 일을 꾸미는데 먼저 터 잡았다는 이유로 텃세를 부린다는 것도 웃기는 일이었다. 조금 불편하다 생각하는 수밖에 다른 도리가 없었다.

퇴근길 아저씨네 컨테이너박스를 지날 때 그는 쭈그리고 앉아 무언가에 열중이었다. 플라스틱 화분을 놓고 거기에 꽃을 심는 중이었다. 복희 씨네 농장에서 며칠 전 얻어간 프리지어였다. '새출발'이란 꽃말을 가진 프리지어에 이미 꽃대가 올라와 있었다.

며칠이 지났을까. 언제 옮겨놨는지 고가도로 아래에 아저씨 컨테이너박스가 새롭게 자리를 잡았다. 아저씨는 프리지어가 있는 화분 앞 의자에 앉아 있었다. 석양에 물들고 있는 중이었다.

청춘아, 아프지 말자

아이는 두문불출했다. 강의시간에만 집을 나섰다. 밥 먹는 시간이 서로 달라 얼굴을 마주치는 일도 쉽지 않았다. 어쩌다 방문을 노크하고 들여다보지만 거의는 이불을 뒤집어쓰고 잠을 자거나 책상에 앉아 있어 등만 볼 수 있었다. 주스 잔을 들고 무슨 말이라도 붙여볼 양 방안을 기웃거렸다. 인기척에 반응도 없이 고교 수학문제를 풀고 있는 아이의 손끝을 보다가 슬며시 음료를 책상 한쪽에 놔두고 돌아섰다.

아이는 동생의 딸이다. 대학 1학년짜리로 나와 함께 산다. 대전에서 서울로 올라오기로 했을 때 아이는 지금보다 좋은 대학을 원했다. 성적도 그만해서 불가능한 일도 아니었다. 하지만 운運은 아이를 빗겨 지나갔다. 함께 밤새워 공부하던 친구들은 모두 원하는 대학에 들어갔다. 낙오자가 된 듯 코 빠뜨리고 앉아 있는 아이를 마음 쓰며 살피는 날이 이어갔다. 기분이 울적할 때마다 아이는 수학문제를 풀었다. 나는 그런 아이를 말없이 바라보았다. 수학문제처럼 분명한 답을 주는 건 없다고 했다. 한 문제 한 문제 풀 때마다 기분이 살아난다고 했다. 나는 아이를 바라보면서 인생도 분명한 답이 주어진다면 얼마나 좋을까 생각했다. 하지만 인생은 쉽게 답을 내주지 않았다.

한 학기를 힘겹게 마치고 아이는 활기를 찾았다. 다시 친구를 만나고 전시회를 가고 음악회에 간다는 문자를 보내오기도 했다. 어떤 땐 술에 취해 방실거리며 들어왔다. 훌쩍 여행을 떠나기도 했다. 학교생활도 적응 중인 듯했다. 그러고 보니 상처는 아픔만 남기는 것이 아니었다. 더 단단해져 굳은살을 만들었다. 힘들 땐 충분히 그 힘든 시간을 보내야 하고 슬플 때는 바닥까지 슬퍼봐야 다시 일어설 수 있다는 것을 아이 스스로 알게 된 것이었다. 충분한 시간을 혼자서 버텨본 사람만이 그 쓴맛으로 일어선다. 내가 무심한 듯 내버려둔 아이는 견딜 수 있는 시간을 보내고 세상 밖으로 멋지게 걸어나왔다.

'아프니까 청춘'이라고 김난도 교수는 말했다. 얼핏 그럴듯한 말이다 싶어 고개를 끄덕였지만 말 그대로 그 말은 아픈 말이었다. 아파야 할 청춘은 어디에도 없다. 흔들지 않아도 어지럽게 흔들리는 세상에서 충분히 청춘은 힘들다.

한국 사회에는 나의 능력만으로 해결되지 않는 문제들이 의외로 많다. 그래서 청춘들은 일찍부터 무력감과 상실감에 빠져 아파하고 좌절한다. 좋은 대학에 목표를 둔 아이들은 오로지 그 목표를 향해 달릴 뿐이다. 목표를 이루면 행복하고 이루지 못하면 불행하다. 이룬 자도 계속 행복해할 수 없다. 행복은 잠시일 뿐,

좋은 직장을 위해 다시 긴 시간을 내달려야 한다. 한도 끝도 없는 행복으로의 질주, 청춘은 오로지 '행복'을 좇기 위해 많은 것들을 포기해야만 한다. 좋은 대학을 나와 좋은 직장에 취직하는 것이 행복의 기준이 될 수 있을까? 사회가 요구하는 행복 때문에 자신의 행복은 포기하는 것은 아닌지 모르겠다.

나는 그런 청춘들이 아프고 아프다. 정규직은 고사하고 계약직도 어려워 아르바이트 자리를 찾는다. 9급 공무원이 되기 위해 수년째 고시원 생활을 하고 있다는 젊은이도 연애를 포기했다는 청춘도 만나보았다. 결혼을 미루거나 접었다는 사람. 결혼을 해도 아이를 행복하게 해줄 자신이 없다며 쓸쓸하게 딩크족을 선언한다. 친구를 만나 밥 한 끼 먹는 것도 지갑을 확인해야 한다며 아예 혼자서 끼니를 해결한다. 술 생각이 나면 친구를 불러내 허름한 포장마차로 들어가곤 했던 삼십 년 전의 청춘이 보인다. 그때도 암울하기는 마찬가지였다. 그래도 잘 견뎌왔다. 위만 보지 말고 아래도 보고 걷자며 서로를 다독였다. 소용없는 말인 줄 알면서도 그런 말이라도 해야 위안이 되었다. 떵떵거리며 살지는 않지만 나름대로 사회의 일원이 되어 역할을 다 하는 중이다.

조카는 올해 4학년에 올라간다. 중간에 다른 공부를 하겠다고 휴학을 했지만 1년 후 복학했다. 누구도 아이의 선택을 두고 왈가왈부하지 않았다. 직진할 수 있는 길을 일부러 돌아가려 했을 때 아무도 말리지 않았던 것은 그를 믿었기 때문이다. 자신의 일은 누구보다도 철저하게 해왔던 아이였기에 이번에도 기다려주기로 한 것이었다. 한번 아팠던 아이는 그것으로부터 벗어나는 법을 배웠다. 도전에 실패하고도 웃을 수 있는 여유를 얻었다. 그런 아이가 나는 멋져보였다. 김난도 교수는 청춘들에게서 이런 점을 보려했을 것이다.

누구에게나 실패와 상실의 경험이 있다. 그런 경험을 가진 사람들은 레질리언스를 통해 더 크게 성공할 수 있다. 아니 크게 성공하지 못해도 괜찮다. 행복할 만큼만 성공해도 된다. 조금 실패했더라도, 살면서 약간 실수를 했더라도 그 실패와 실수를 대범하게 안아주며 괜찮다고 말해주고 싶다. 더는 아프지 말자고 청춘의 등을 다독여주고 싶다.

거울 앞에서

나는 누구인가. 가끔 거울을 보며 묻곤 한다. 어디에서 왔으며 어디로 가고 있는지. 지금 보이는 거울 속의 나는 어디쯤에 머물러 있는 나인지 궁금하기도 하다.

남들은 나를 보고 날카롭게 생겼다고 한다. 어떻게 생기면 날카롭다고 하는 걸까. 처음 만난 사람이거나 나를 충분히 겪어보지 않은 사람이 하는 말이니 성격보다는 외모를 두고 하는 말일 것이다. 거울 앞으로 가 화장기 없는 내 얼굴을 디밀어본다. 흠칫, 놀란다. '이런 얼굴을 두고 날카롭게 생긴 얼굴이라 하는 거로구나.' 속으로 중얼거린다.

나는 피부색이 검은 편에 속한다. 겹이 지지 않은 눈은 가로로 쭉 찢어지고 십 년 전 사고로 다친 코는 등에 아직 흉터가 남았다. 광대뼈가 도드라진 것은 그렇다 치더라도 작고 얇은 입술은 앙다물어 고집스러워 보인다. 이마는 넓고 눈썹은 짙다. 눈빛은 총기를 잃어 꿈속을 헤매는 듯 흐릿하다. 인중은 넓은데 입술 위

오른쪽에 얼핏 보면 수술자국 같은 흉터가 세로로 나 있어 느낌이 좋지 않다.

하지만 사람들은 내 민낯을 보고 까다롭다고 하는 게 아니다. 외출할 때 나는 거의 화장을 하기 때문이다. 쌍꺼풀 없는 밋밋한 눈을 돋보이게 하고 싶어 아이라인을 넓고 진하게 칠한다. 섀도 색에도 신경을 써 이목구비가 또렷해 보이도록 나만의 화장법을 발휘한다. 메이크업 전문가과정을 거쳤기에 화장술에 있어서는 뒤처지지 않는다. 화장한 얼굴은 내 보기엔 예쁘진 않아도 그리 인상이 나빠 보이지 않는 것 같다.

그럼 말투일까? 중저음 목소리로 발음은 정확한 편에 속한다. 속도가 빠르고 억양이 강하다. 어떤 사람은 경상도가 고향이냐고 하고 어떤 사람은 강원도인 줄 안다. 충청도 사람은 나처럼 말하지 않는다는 것이다. 고향 말을 쓰면 그때서야 웃으면서 끄덕이지만 고향 말을 거의 잊고 지내다보니 나마저 금방 어색해진다. 그래, 말투에 있는 것 같다. 똑, 똑 끊어 말하며 에두르지 못하는 말버릇도 한몫한 것일 게다.

같은 말이라도 부드럽게, 상대방이 듣기 좋게 하는 이들이 있다. 같은 부정이라 해도 좋은 말을 먼저 하고 부정적인 말을 나중에 하면 듣는 이가 덜 기분 나쁘다고 배웠다. 나는 그게 안 된다. 내 딴에는 연습을 한다고 했음에도 안 되는 걸 보면 타고난 성정이지 싶다. 나는 나쁜 걸 보면 부정적인 말이, 좋은 것을 보면 긍정적인 말이 즉각 나온다. 좋게 말하면 솔직한 편이고 나쁘게 치면 '돌직구'다. 누군가는 사이다 같다 뭐다 하며 추어주기도 하지만 누군가는 자제를 권한다. 말 한마디로 천 냥 빚을 갚는다는데, 나의 경우 갚기는커녕 이자까지 덤터기 쓸 판이다.

얼마 전, 한 회원으로부터 문자메시지를 받았다. 어떤 일을 맡은 수장에게 일의 진행 상태를 보고하는 과정에서 오해가 생겼다. 이번 일을 겪으면서 그가 전연 다른 사람 같아 보였다. 도대체 그에게 나는 어떤 사람이었나. 생각이 복잡해졌다. 키도 작고 어수룩해 보이니 만만하게 본 걸까. 아니면 예의상 존중해주었더니 본인이 대단한 사람인 줄 알고 있나. 어떤 대꾸도 하지 않은 나는 잘한 걸까, 잘못한 걸까.

다시 거울을 본다. 각자 기준이 다르겠지만 아무리 뜯어보아도 내가 날카롭게 생겼다는 생각은 들지 않는다. 오히려 개성 없는 얼굴에 가깝다. 고집이 있어 보이기는 하나 이 정도 살았으면 그만한 고집도 필요하다고 본다. 웃음기가 없긴 하지만 꼭 웃어야 할 일도 아닌데 웃는 것도 멋쩍다. 강하고 뚝뚝 끊어지는 내 말투가 누구에게나 그런 것만도 아니다. 애교는 없어도 부드럽고 따뜻한 면이 나에게도 있다. 그렇다면 상대적이라는 말로 대신해도 되지 않을까.

내 얼굴은 내 것이다. 평생 나를 책임질 얼굴이며 나 또한 이 얼굴에 책임감을 갖는다. 조금 못 생기고 날카롭게 보인다 해서 내 얼굴을 남의 얼굴과 바꿀 수는 없는 일. 이렇게 생긴 것도, 이런 말투도 모두 내 것이다. 오십 평생 살아오며 변하기도 했겠지만 나는 이 얼굴이 내 것이어서 좋았다. 쉽게 변하지 않는 성격도 그저 내 것이려니 하며 산다. 치명적인 실수를 하여 부끄러운 적도 있지만 그렇다고 나를 감출 수도, 버릴 수도 없었다.

사람의 표정은 충분히 바꿀 수 있다고 예절강사인 동생은 말한다. 거울을 보고 오 분씩만 연습해도 어느 날 변해 있는 자신을 보게 될 거라는 그의 코치대로 따라해본다. 표정을 부드럽게 하려면 무엇보다도 마음자리가 먼저 다듬어져야 할 텐데, 그것이 안 되니 표정연습이 생각처럼 쉽지 않다. 동생이 만들어놓은 얼굴 표정 바꾸기 표는, 사는 게 바빠서인지 더는 관심이 없어져서인지 제대로 연습도 하지 못했는데 어디 갔는지 찾을 수 없다.

사교적이지 못하지만 그냥 내 식으로 살기로 한다. 비호감 얼굴로, 잘못 건드리면 툭, 부러질 것 같은 말씨 그대로. 이런 나를 만나주는 이들도 몇몇 있지 않나. 나의 스승님과 문우들, 내 형제와 친척들, 그리고 어릴 적 친구들.

거울 속 내 얼굴이 조금 자신감을 얻은 듯 보인다. 저절로 입꼬리가 올라간다. 그런데 웃는 얼굴은 여전히 어색하다.

이러다가 거울 속으로 들어가겠다. 밤도 퍽 깊었다. 거울을 보며 보이는 것이 다가 아니라고 말해본다. 그리고 한마디 던져본다.

"나, 그냥 이대로 살래."

잘 가고 있는 것일까

참으로 이상한 일이다. 글 쓰는 법을 잊어버린 사람처럼 주춤대기만 한다. 무언가 머리에 떠오르고 그것이 정리된 듯하여 펜을 들면 금세 캄캄해진다. 무슨 이야기를 하려 했는가, 나조차 까마득해지는 것이다. 며칠째인지 감이 오지 않는다.

나에게 글쓰기는 밥 먹는 일과 같아서 매일 쓰지 않고는 배겨나지 못한다. 남들이 언제 주로 글을 쓰느냐고 물어오면, 늘 쓴다고 망설임 없이 말하곤 했다. 그도 그럴 것이 손으로 쓰지 않는 시간에도 머리로는 끊임없이 써왔기 때문이었다. 그런 내가 글쓰기 앞에서 멈칫대는 이유를 모르겠다.

이런 나를 놀리기라도 하듯 좋은 글들이 소나기처럼 쏟아지고 있다. 문예지마다 '대표에세이'라는 명찰을 달고 작품집을 선보인다. 자극이라도 받을까 싶어 기꺼이 책을 펼친다. 목차를 보다가 기발한 소재로 글을 이끌어가는, 힘이 남다른 작가를 만난다. 그는 자신이 선택한 소재에 대해 박식하다. 제목도 얄미울 정도로 멋지게 붙였다. 입안에 혀처럼 소재를 다루는 솜씨가 여간 아니다. 태어나면서부터 재주를 갖고 나온 사람 같다. 읽는 이가 낯설지 않도록 문장에 의미를 담는 기술도 대단하다. 그의 문장은 옷을 잘 입은 여인같이 품격 있다. 그의 또 다른 작품도 그만해서 감탄이 절로 나온다. 뚝딱 써놓으면 옆에서 다듬어주는 수준급 조수라도 있는 것일까, 부럽기만 하다. 작품 말미에 달린 작가 프로필을 본다. 어디 신춘문예 당선, 무슨 상 수상이라 적혀있다. 금방 기가 죽는다.

나는 신춘문예에 응모해본 적이 없다. 수필도 평론도 가능성을 보고 뽑았다는 소리를 들었다. 문재文才를 타고나지 못해 '노력형'으로 통한다. 그러니 한 편 한 편이 쉽지 않다. 어떤 땐 내가 왜 이곳에 있는 건지 헷갈린다. 남들이 하니까 나도 하는 건가 싶어 멋쩍고 불안하다. 어쩌다 수필을 알게 되었고 이끌어주는 이가 걷는 대로 그 길 따라 발걸음을 옮겼다. 그렇게 하면 되는 줄로만 알았다. 그는 인성이 바로 되지 않은 이에게서는 좋은 글이 나올 수 없다고 했다. 그의 말을 듣고 나를 돌아보는 시간을 자주 가졌다. 수필과 내가 달라서는 안 될 것 같아서였다. 그렇게 나를 돌아보며 꾸준히 걷다보니 여기까지 온 것이다.

같은해 등단한 친구가 등단지에서 좋은 대접을 받았다. 그녀가 내 친구라는 것이 자랑스러웠다. 그녀라면 당연하다고 박수를 보냈다. 주변 작가들이 문학상을 받을 때도 망설임 없이 그 자리에 참석했다. 내 주변에는 실력 있는 작가들이 점점 늘어났다. 그런데 나만 제자리걸음이었다. 그러기를 수년째, 나를 지켜보던 분이 있었다. 그분은 등단한 지 몇 년째인데 아직 자신 이름이 걸린 수필집 한 권 없느냐며 나를 탓하셨다. 그때서야 정신이 번쩍 들었다. 나도 책을 내 수 있다는 생각에 마음이 바빠졌다.

그동안 발표한 글과 새 글을 모아 내 이름을 붙여 책을 냈다. 가족과 친구들의 축하를 받았다. 선생님과 선후배 작가들로부터 응원의 메시지도 받았다. 그 힘으로 출간산후통이라는 정체기를 이겨내며 쉴 틈 없이 글을 썼다. 그 후로 3년 만에 두 번째 책을 출간했고 2년이 흘러 작년에 세 번째 책을 냈다.

얼마 전 모 문예지 작가에게서 연락이 왔다. 내 글을 어떤 문학상 후보에 넣으려 했지만 다른 곳 수상 이력이 있어서 빼게 됐다는 소식이었다. 알았다고 대답은 했지만 의아했다. 내가 무슨 문학상을 받았다는 건지.

작년 어떤 연말 시상식장에서 한 선배 수필가와 상에 대해 이야기한 적이 있다. 그도 수상을 한 적이 없다고 했다. 좋은 작품을 발표하는 작가로 알려졌지만 기회가 닿지 않았던가 보다. 우리는 우스갯소리로 가상 수상소감이라도 써보자고 말하며 킬킬 웃었다. 나는 아주 재밌을 것 같다고 반죽을 울렸지만 속은 편치 않았다. 책 세 권을 내는 동안 상장 하나 받지 못한 이는 나밖에 없을 것이다. 집으로 돌아오는 길이 마냥 쓸쓸했다.

상을 받지 못해 속상한 것은 아니다. 그래서 글이 안 써지는 것도 아니다. 하지만 왠지 초조하다. 모두들 나를 제치고 앞으로 나아가는 것만 같아 불안하다. 이러다 나만 낙오자가 되어 허허벌판에 서 있게 될까 겁난다. 그들처럼 나도 멋지고 폼나게 달리고 싶다. 하지만 나는 다리가 땅에서 떨어지지 않는다. 가만 보니 그들에 비해 턱없이 다리도 짧다. 욕심 부리다가 자칫 넘어질 수도 있겠다.

나는 많은 걸 바라지 않는다. 내 주제를 누구보다 잘 알고 있다. 지금껏 그래왔듯이 내가 쓰고 싶은 글을 쓸 수만 있다면 문학적으로 깊이가 덜하고 철학적 향기가 묻어나지 않아도, 상이 오지 않아도 묵묵히 걸어가련다. 천천히 부족한 부분 채우며 공부하는 작가가 되련다. 어차피 자신의 키는 넘을 수 없고 억지로 되는 일도 없다. 소용없는 것에 기운을 빼고 싶지 않다. 그저 쉬지 않고 여일하게 쓰고 싶을 뿐이다. 그것이 수필이어도 좋고 시여도 좋다. 소설을 쓴다 해도 나쁘지 않을 것이다. 지금처럼 멈칫거리며 썼다 지웠다만 반복하더라도 재촉하지 않을 것이다. 멈추지만 않는다면 이마저도 과정이라고 받아들일 수 있다.

글쓰기는 내게 숨 쉬는 것과 같고 밥 먹는 것과 같아서 하루라도 쓰지 않으면 내 건강에 고장이 올 수 있다. 빛나는 글이 아니더라도 지금껏 해왔던 대로 멈춤 없이 걷고만 싶다. 뚜벅, 뚜벅.

2부

박정자의 서랍

자코메티의 시선과 상처

모든 것을 버린 자의 평안

구사미 선생과 고양이

오르한 파묵의 순수박물관을 찾아서

하이델베르크, 또 다른 시간 속으로

라스베이거스의 불빛

박정자의 서랍

― 박정자의 배우론, '노래처럼 말해줘'

2019년 12월 31일. 문화일보 파워인터뷰 란에 박정자 인터뷰 기사가 실렸다. 내가 아는 몇 안 되는 배우 중 그는 단연 으뜸이다. 기사를 읽으며 설렘과 반가움으로 한동안 눈을 떼지 못했다. 카리스마 넘치는 눈빛과 중저음의 목소리가 떠오른다.

그의 연극에 대한 사랑은 언제나 나를 경건하게 한다. 문학하는 이에게 문학이 인생의 전부이듯 박정자에게 연극은 "조국이자 종교"였다. 그는 "오늘도 내 모든 걸 짜내려 대본과 씨름" 중이라고 말한다. 무엇에 몰입하고 열중한다는 것. 그것은 대상을 사랑하고 아낀다는 말로는 설명이 부족하다. 공기처럼, 물처럼 연극은 그에게 떼려야 뗄 수 없는 존재였다.

신문 기사를 읽은 나는 그에 대한 자료를 찾아 모았다.

연극인 박정자는 대한민국 예술원 회원으로 1942년에 서울서 태어나 진명여자중·고등학교를 졸업하고 1961년 이화여자대학교 신문방송학과에 입학했지만 2학년 때 동아방송 공채1기 성우로 합격하면서 과감히 학교를 중퇴했다. 학업과 성우 일을 함께 할 수 없다는 방송국 방침 때문이었다. 학업이냐 연극이냐를 두고 저울질할 여유가 그에게는 없었다. 힘들고 지칠 때 연극만이 그의 유일한 숨쉬기였다. '페드라'로 데뷔한 이후 무엇에 이끌리듯 한 해도 쉬지 않고 무대에 섰다. 그에게 연극은 본능과도 같은 것이었다.

1962년에 〈페드라〉의 시녀 역으로 데뷔한 박정자는 지금까지 쉬지 않고 무대 위에서 시간을 걷는 중이다. 주요 작품으로는 〈햄릿〉과 〈오이디푸스〉, 〈피의 결혼〉, 〈위기의 여자〉, 〈신의 아그네스〉, 〈엄마는 오십에 바다를 발견했다〉, 〈19 그리고 80〉 등이며 그 외에도 200여 편의 작품에 출연한 바 있다. 이 밖에 극단 창단 구성원으로 활약한 그는 다수의 영화에도 출현했다.

내가 티켓을 예매한 것은 기사를 읽고 며칠 후였다. 마음 같아서는 첫 공연을 보고 싶었으나 안타깝게도 다른 일정과 겹쳐, 부득이 일주일 후인 2월 11일 공연을 예약해야 했다. 그를 가까이에서 보고 싶어 좌석 예약에 신중을 기했다.

저녁 7시, 예술의 전당 자유소극장에 도착했다. 코로나19로 빈 객석이 있을까 걱정했지만 기우였다. 30분 후에 있을 공연을 기다리며 한쪽 테이블에서 판매하는 팸플릿과 '박정자의 배우론' 〈노래처럼 말해줘〉 포스터와 마주했다. 모란꽃에 둘러싸인 박정자는 하얀 색 짧은 머리를 한 채 나무의자에 앉아 있었다. 앙다문 입술은 이제부터 내가 어떤 말을 할지 기대해도 좋아, 라는 그의 다짐처럼 보였다. 그는 하늘색 블라우스와 올리브색 슬랙스를 입고 짙은 자주색 카디건을 걸쳤다. 깔끔한 검은 색 긴 목걸이는 우아함을 한층 돋보이게 했다. 다리를 꼬고 앉아 무릎 위에 힘없이 포갠 손등에 굵은 힘줄이 선명하다. 단정하게 그린 눈썹, 선이 얇지만 짙은 아이라이너, 붉은 색 립스틱에서 일흔아홉이라는 배우의 나이가 무색하게 느껴졌다. 그의 이름에 따라붙는 '카리스마'라는 수식어를 대하는 순간이었다.

맨 앞 중앙자리를 예약한 것은 되도록 배우와 가까이 하고 싶어서였다. 그의 숨소리, 발자국 소리, 옷깃 스치는 소리까지 온전하게 곁에서 느끼고 싶었다. 거기에 배우의 땀방울과 뜨거운 호흡과 함께한다는 것. 객석과 무대의 분리는 무의미했다. 완벽했고 더 이상 바랄 게 없었다.

무대 위 왼쪽에 한 대의 피아노가 놓였다. 재즈피아니스트 허대욱의 자리다. 무대 중앙에 불이 켜지고 마주보이는 벽면에는 장막이 쳐졌다. 거기에 구름을 담은 듯한 직사각형의 액자틀이, 그것을 대각선으로 의자 하나가, 오른쪽 객석 가까이에 또 하나의 의자가 놓여 있었다. 그리고 그 의자와 길게 늘어진 천 사이 중간쯤을 빗겨 화장대가 놓여 있다. 화장대 왼쪽 의자에 검은 의상이 걸쳐져 있고 조명에 비친 거울 속에는 숨죽인 관객의 얼굴이 가득 들어찼다. 모두들 긴장된 눈빛이었다. 이어질 무대에 대한 기다림이고 기대였다. 화장대 위에는 각종 화장품과 화장붓 등 이런저런 분장용 소품들이 멋대로 널브러졌다.

연극이 시작되고, 연출된 소리 외, 그 어떤 소리도 멈춰버렸다.

현실을 증오하며 울부짖는 남자 주인공. 화면 속 남자가 운전하는 승용차는 대형 화물차와 부딪치며 낭떠러지로 떨어진다. 영화 〈페드라〉의 끝 장면이다. 장면 끝으로 박정자의 내레이션이 따라간다. 〈페드라〉의 테마 음악이 흐르면서 나도 모르게 온몸에 전율이 인다. 그는 올해 해외 굵직한 영화제에서 큰 상을 휩쓸었던 영화 〈기생충〉을 소개한 성우가 자신이었다고 밝혔다. 동굴 깊숙한 곳으로부터 울려나오는 듯한 목소리는 객석을 잠시도 꼼짝 못하게 만들었다.

〈페드라〉를 시작으로, 오십견이 와 팔을 움직일 수 없을 때도, 발등뼈에 금이 가 퉁퉁 부었을 때도, 공연 전날 넘어져 입안을 수십 바늘 꿰매고서도 그는 무대에 올랐다. 맡은 역할이 왕비여도 광대여도 상관없었다. 어떤 배역이든 기꺼이 옷을 갈아입을 준비가 돼 있었다. 혼신을 다해 역할을 소화한 후 얻은 쾌감은 그가 무대에 설 수 있는 유일한 이유였다.

이 무대는 그가 우리에게 전해주는 그의 인생 이야기이며 연극을 하면서 겪었던 에피소드를 풀어내는 자리이다.

"그때와 지금의 나는 어쩌면 이렇게 다를까, 그런데 어쩌면 이렇게 똑같을까."

일흔아홉 살이 된 한 여배우의 이야기가 피아노맨의 연주를 따라 또박또박 걸어나온다. 무대 앞 중앙에 앉은 나는 조명 안으로 걸어나오는 그에게 젖어든다. 손짓 하나 발의 움직임 하나에 집중한다. 프로에게 나태는 적이다. 그때나 지금이나 그에게는 "배역이 연료"였고 생에 있어 평범함을 거부해왔다. 최고가 되기 위해서 뛰기보다는 최선을 다하는 배우가 되려고 고심한 그의 밤들이 흐르는 자막처럼 지나간다. 화면에서 느꼈던 것보다 작은 키, 마른 체격. 그의 몸짓은 세련됐다. 거기에 제스처는 무척이나 섬세했다. 몸매가 그대로 드러나는 검은 색 드레스, 배우 나이는 그저 나이에 불과한 것이었다. 잘록한 허리 위에 얹은 손가락은 그가 몇 번이고 거울을 보면서 만들어낸 결과일 터였다.

박정자가 맡은 역할은 그만의 비밀로 만들어진다. 그는 배역의 바깥이 아니라 기꺼이 내부로 침잠해 들어간다. 그곳에서 그는 "다면적인 천성을 파고든 다음 정확한 앵글, 정확한 그림자, 정확한 억양을 뽑아"낸다. 관객은 그것을 놓치지 않는다. 그는 자신의 비밀을 가감 없이 관객에게 털어놓는다.

"나는 세 시간 안에 그 인물이 될 수 있어요. 목표물에 눈을 떼지 않고 안으로 쳐들어가 완전히 육박전을 하는 거예요. 어떤 트릭도 없어요. 필요한 건 오직 통제를 잃은 배우의 광기뿐이죠."

그는 캐릭터에 따라 목소리를 바꾸고 손가락과 팔의 움직임, 걸음걸이까지 달리한다고 고백한다. 거기에는 엄청난 감정이 도사리고 있고 자신의 바퀴는 계속 돌아가고 있고 관객의 마음도 돌릴 수 있다고 믿는 것처럼 보인다. 또한 그는 어떤 찬사보다도 "박정자 너무 징그럽다"와 "박정자 정말 여우 같다"는 말을 좋아한단다. 다른 찬사는 거절하겠다는 것이다. 배역 속으로 돌진해버리고 마는, 자신을 통째로 잃어버리고 마는 박정자에게서 어떤 광기를 발견한다. 철저하게 그것에 빠져보지 못한 사람은 알 수 없는.

그는 또 이런 말을 한다.

"예술이 있는 곳에는 죽음조차도 없다. 늙음도 괴로움도 없다."

그것 외, 모두 껍데기라는 말이다. 그것 앞에서 어떤 핑계도 없다는 말이기도 하다. 모두 무의미하다는 말이다. 늙음도 괴로움도 거기 머무르지 않고, 심지어 죽음조차도 거기 없다는 말. 그것은 문학 앞에서 시도 때도 없이 일희일비하는 나에게 죽비처럼 날아왔다. 온전히 그것이라는 것. 이 말 앞에서 숨을 죽인 이는 나뿐일까. 예술 앞에서는 그것 외, 아무것도 존재하지 않는다는 말이 녹음기처럼 되풀이되어 들려왔다.

"한 생애는 음악으로 설명할 수 있어요. 하지만 음악은 한 생애만으론 충분히 표현될 수 없어요. 조명이 꺼지고 커튼이 내려오기를 바라는 지금, 내겐 아직 부를 노래가 많이 남아 있으니까요."

그가 부르는 노래는 그가 살아온 인생 이야기였다. 한 편의 수필이고 드라마였다. 이번 공연에서 그가 부른 노래는 총 여섯 곡으로 그 중 최백호의 〈낭만에 대하여〉는 단연 박정자식 노래였다. 최백호의 목소리가 쓸쓸한 가을 남자의 고독이었다면 박정자의 노래는 낭만 너머의 인생에 관한 애환이 그대로 전해져 더욱 몰입할 수 있었다. 낯설게 편곡된 리듬이 어쩐지 먼 먼 그때부터 정해진 곡이었던 것처럼 익숙하게 들려왔다. 말하듯이 흐느끼듯이 그의 노래는 길게 이어졌다. 그 외, 박정자 독집 음반에 수록된 〈아직은 마흔네 살〉의 타이틀곡과 '검은 옷 빨간 장미'를 들을 수 있었다. 영화 〈페드라〉 OST인 '사랑의 테마'와 영화 〈조커〉의 '어릿광대를 보내주오Send in the clowns' 등은 팸플릿이 아니었다면 그냥 흘려들었을 노래였다. 재즈 피아니스트 허대욱은 박정자 배우와 끊임없이 피아노 건반으로 대화를 시도했다. 입 한번 벙긋하지 않고도 배우의 마음을 건드리며 관객에게 웃음을 선사했다. 그들이 맞춘 호흡은 하루 이틀 이루어진 것이 아니었다. 한 사람은 건반으로 다른 한 사람은 노래와 대사로, 객석은 적막 뒤를 잇는 큰 박수로 하나가 되었다.

"사람들은 나이가 그 사람의 모든 걸 설명한다고 생각해요. 얼굴, 몸짓, 감정, 그 사람이 잘못 알고 있는 것까지. 그렇다면 일흔아홉 살이 되면 선택은 두 가지예요. 죽든지 아니면 여든 살이 되든지. 틀어막을 게 하나도 없이 구멍난 배에 타고 있는 나이 같지만, 여든 살의 연극배우가 얼마나 할 일이 많은지 때때로 나는 생각해요. 무대를 버리고 남은 재능 속으로 사라지는 것과 계속 살아남아 끝없이 자신을 들어올리는 것, 어느 쪽이 옳을까."

나는 가까이에서 그의 눈빛을 보았다. 그가 어느 쪽을 택할지 알 수 있었다. 예술에는 나이가 없으니까. 내가 알고 있는 저 배우는 무대에서 자신의 인생을 갈무리할 사람이니까. 잔인한지 모르겠으나 이것은 내가 바라는 진짜 배우의 모습이었다. 인터뷰 기사에서 읽었던 "더 나이 들면 못하겠다고 생각하던 차에 오랜 친구인 이충걸 작가와 만나 작품을 구상하게 됐다. 이충걸 작가는 나보다 더 나를 잘 아는 사람이다. 그가 나보다 더 내 이야기를 잘 써주었다"는 고백이 그의 모두를 말해주는 것만 같았다.

시간은 끝난 줄 모르게 흘렀다. 빈틈없는 공연이었다. 대중의 평판대로 그의 목소리는 천상의 소리였다. 악마적 목소리가 들리는가 하면 영혼 속 천사가 속삭이는 듯한 목소리가 들려왔다. 박정자의 목소리는 그가 서 있는 곳에 맞게 시시때때 변화를 주는 무대 위 훌륭한 장치와도 같았다.

셰익스피어 희극 〈좋으실 대로〉 2막 7장을 읊는 배우를 보면서 나는 온몸에 소름이 일었다. 망토를 걸치고 머리에 고깔모자를 쓴 그는 어느새 구부정한 '자크'가 되었다.

"세상은 무대요, 인간은 잠시 등장했다 퇴장하는 배우일 뿐이지요. 사람은 일평생 많은 연기를 하는데, 연령에 따라 7막으로 나눌 수 있습니다. 1막은 아기 역을 맡아 유모 품에 안겨 앵앵거리고 토해대지요. 2막은 불평 많은 아동기로 (…) 3막은 사랑하는 연인들이 애인 눈썹을 기리는 구슬픈 노래를 부르며 아궁이처럼 한숨을 쉬지요. 4막은 군대에 가는 시기로 (…) 5막은 법관으로 (…) 6막은 수척해져서 덧신 신은 할아범이 나오는데, 코에는 돋보기를 걸치고, 옆구리엔 지갑 차고, 정강이가 줄어들어 바지는 헐렁하고, 목소리는 아이처럼 가늘어져 빽빽거리지요. 마지막으로 7막은 파란만장한 인생살이를 끝맺는 장면으로, 제2의 유아기와 같은 망각의 시간으로, 이는 다 빠지고 눈은 침침하고 입맛도 없어지는 허무한 세상이 기다리지요."

어느 평론가가 말했다. "박정자에게는 서랍이 많다"고. 연출자 이유리는 그 중 3개의 서랍을 이번 공연에서 열어주었다고 했다.

그 중 하나가 분장대이다. 거울을 통해 보이는 박정자는 "성별과 연륜를 초월한 무대 위에서의 박정자"이다. 무대 위 그에게는 "늙음도 괴로움도 없다". 그러니 죽음조차도 없다. 그저 연극인 박정자만 있을 뿐이다. 다른 하나는 연극을 위해 끊임없이 연마하고 정진하는 모습으로 현재진행형의 에너지를 내뿜는 그다. 일흔아홉 살인 그는 그대로 죽기보다는 여든 살을 사는 쪽을 택할 것이다. 나는 그가 그런 사람이라고 믿고 싶다. 나머지 하나는 두 가지 사이에서 "꿈꾸고 갈망하는 현실 너머 박정자의 자유영혼"이다. 평범함이 싫었다는 그의 말과 일치하는 부분이다. 그 외, 내가 찾은 몇 개의 서랍이 더 있다. 거울 뒤의 박정자가 그것이고 무대 밖의 일상을 상상하는 일이고 그가 다음 세계를 향해 묵묵히, 당당하게 뚜벅뚜벅 걸어가는 모습이 그것이었다.

관객은 박정자가 보여준 서랍 속을 들여다보며 그와 같은 시간에 머물며 즐긴다. 시간은 아주 먼 곳으로부터 흘러왔고 그 가득찬 시간에 숨고르기 하며 배우와 보폭을 맞추며 다음 길을 걸어간다.

그날 나는 질문 하나를 준비했다.

"문화일보 기사를 읽었습니다. 배우께서는 〈19 그리고 80〉이 가장 기억에 남은 작품이라고 하셨는데 저는 아직 그 작품을 알지 못합니다. 하지만 기사를 읽고 어떤 이야기인지 알 것 같았어요. 배우님은 이 작품의 어느 대목에 애착이 가는지 궁금합니다."

80에 그의 연기를 볼 수 있을까? 〈19 그리고 80〉. 인생을 얼마나 뜨겁게 사랑하는지 아직 나는 그의 답을 기다리는 중이다.

자코메티의 시선과 상처

— 알베르토 자코메티 한국특별전展을 보고

하마터면 훌륭한 전시회 하나를 놓칠 뻔했다. 알베르토 자코메티(1901-1966) 한국특별전(2017. 12.21~2018. 4.15)이 그것이다. 지난 해 프랑스 '알베르토 자코메티 재단'은 한국에서의 전시회 개최를 망설였다고 한다. 포항에 강도 높은 지진이 발생했고 때마침 북한과의 관계까지 민감할 때여서 긴장감이 고조되었다. 하지만 코바나컨텐츠의 노력으로 전시회를 무사히 열 수 있었다. 자코메티 재단은 코바나컨텐츠가 '마크 로스코 전'과 '르 코르뷔지에 전'을 성공적으로 기획한 것으로 신뢰를 얻은 것이다.

20세기 가장 위대한 조각예술가로 우리는 서슴없이 알베르토 자코메티를 꼽는다. '예술가들의 예술가'로 알려진 자코메티는 파블로 피카소(1881-1973)와 같은 시기의 조각가이다. 또한 피카소가 질투한 예술가이기도 하다. 사무엘 베케트의 〈고도를 기다리며〉의 무대장치는 자코메티가 만든 작품으로, 지극히 단순한 설치물이었다. 그 단순함에서 다양한 각도의 해석이 나왔다. 최

대한 덜어낸 후에 본질만 보여주는 작가의 조각과 같은 맥락이라는 것이었다. 그 무대를 배경으로 꾸민 콘셉트 전시장에서 찍은 두 거장의 사진은 남다른 우정을 확인시켜주었다.

작품에 흠뻑 빠져 전시회장을 걷는다. 마치 그와 함께 걷고 있다는 느낌을 받을 즈음 〈침묵과 묵상, 기도의 방〉 앞에 이르게 된다. 암막 커튼을 들추자 '욕망과 허영을 비워내는 시간'과 마주친다. 자코메티 재단이 한국 전시를 위해 아시아 최초로 공개한 '걸어가는 사람' 원본이다. 우리들의 응축된 삶이 거기 서 있다. 저절로 숙연해진다. 마치 허울투성이의 인생을 걷어내고 걷어내어 남은 것들만을 모아놓은 듯한 형상이다. 팔과 다리를 길게 늘어뜨린 채 걷고 있는 작품은 거칠고 앙상한 인체를 묘사한 것으로 자칫 부서질 듯 위태롭다. 한 인간의 고단하면서도 위대한 삶을 상징한 작품이다.

묵직한 음향과 함께 무대 밖으로 성큼성큼 걸어나올 것 같은 '그 사람'을 시간 가는 줄 모르고 바라본다. "큰 공간에 나의 단 하나의 조각만이 있다. 하지만 그 조각은 그 큰 공간을 존재로 가득 채운다"라고 한 자코메티의 음성이 들리는 것도 같다. 나는 자코메티의 손길이 그대로 묻어 있는 'Walking Man' 오리지널 석고 조각상 앞에서 한참 동안 정물이 되어 있었다. 어떤 이끌림 같았다.

로타르(1905-1969)* 좌상(1965)은 아시아 최초로 공개되는 조

* 엘리 로타르는 1964년과 1966 사이에 모델을 섰던 자코메티의 마지막 작품 주인공이다. 사진작가였던 로타르는 1930년대 유명 잡지의 사진가로 명성이 높았다. 하지만 성정이 불안정했던 그는 전쟁 후 오랜 파탄의 길을 걸었고 빚 때문에 몇 달 간 투옥되기도 했다. 그의 뛰어난 재능에 주변에서 도움을 주었으나 모두 헛수고였다. 그는 카메라를 전당포에 맡기고 술과 여자를 샀다.

각품 중 하나이다. 작가는 "모든 인간이 가지고 있는 근원적 슬픔을 로타르라는 인물의 슬픈 시선에서 발견"했다고 한다. 실패한 사진작가의 고뇌가 잘 드러난 작품은 지금도 명작으로 꼽힌다. 그는 작품의 형상에 자신의 삶 전부를 쏟아부었다고 한다. 마지막에 이른 삶의 비통함과 아쉬움을 담고 있으며 영원히 살고 싶은 자신의 욕망까지도 담아냈다. 자코메티는 인간의 위대함을 로타르의 자포자기식 타락에서 보았다. 그의 최고작으로 〈로타르 좌상〉, 〈앉아 있는 남자의 흉상〉, 〈걸어가는 사람〉을 꼽는 것은 말할 것도 없다.

사람에게 생명의 핵심은 '시선'이라고 한 자코메티는 모델의 시선에 집중했다. 눈빛에 사람의 생명이 담겨 있다고 보았다. 그래서 그는 두상에 몰입했는지도 모른다. "죽은 자조차 황홀하게 할 조각상을 보았다"는 장 주네Jean Genet(1910-1986)의 말이 아니어도 그의 작품은 '만지면 생명이 느껴'질 정도라는 평이 분분하다. 장 주네는 자코메티의 작품을 방안에 들여놓으면 그곳이 그대로 사원寺院이 돼버릴 것 같다고 했다.

> 특히 두 어깨와 그 사이의 가슴은 만지면 곧 으스러질 것같이 골격이 정교하다. 팔과 맞닿은 어깨 곡선의 정교함은… (이렇게 말해 미안하지만) 억지스러울 정도이다. 나는 어깨를 만지면서 눈을 감는다. 그 순간, 손가락에 느껴지는 행복감은 차마 어떻게 묘사할 수가 없다.**

** 장주네, 윤정임 옮김, 『자코메티의 아틀리에』, 열화당, p11.

뼈대에 살을 붙여가면서 형태를 만들고 이미지를 완성하는 일반적인 조각법과는 달리 자코메티는 완성된 형태로 시작하여 차차 걷어내는 방식을 선택하였다. 그의 작품은 "거의 뼈대만 남아 있어 자칫 미완의 작품"으로 비치기도 한다. 덜어내고 덜어내어 바스러진 작품도 있었다. 자코메티의 작업방식은 세상과 사물에 대한 그만의 관점에서 비롯된 것으로 비춰진다. 덜어내고 비워내는 방식은 그 작품의 본질을 찾기 위한, 본연의 형태를 갖추기 위한, 작가 나름의 모색법이라 할 수 있겠다.

"자코메티의 예술은 모든 존재와 사물의 비밀스런 상처를 찾아내어, 그 상처가 그들을 비추어주게끔 하려는 것 같다"고 한 장 주네의 말을 떠올려본다. 상처란 저마다 달라서 감추어져 있기도 하고 드러나 보이기도 한다. 자기 안에 간직한 상처는 어느 순간 고독의 근원이 되기도 한다. 때론 그 상처가 다른 상처를 감싸줄 때도 있다. 상처의 본질에 따라 어루만지는 방법은 다르며 거듭된 상처는 단단한 딱지를 만들어 스스로를 보호한다.

전시장을 나서려는데 한 장의 사진이 눈앞에 다가선다. 앙리 카르티에 브레송(1908-2994)의 작품이다. 자코메티가 작업장으로 가는 도중 비를 만나자 쏟아지는 빗줄기에 아랑곳하지 않고 외투를 머리까지 뒤집어쓴 채 묵묵히 자신의 화실을 향해 걸어가는 모습이다. "마침내 나는 일어섰다. 그리고 한 발을 내디뎌 걷는다. 어디로 가야 하는지, 그리고 그 끝이 어딘지 알 수는 없지만, 그러나 나는 걷는다. 그렇다. 나는 걸어야만 한다." 그의 목소리가 사진 속 내리는 빗줄기와 함께 들려온다. 극한에 놓인 인간의 고독한 실존, 본질적인 고독을 응시하는 듯한 깊은 통찰력, 엄청난 고통을 극복하려는 그의 굳은 의지가 엿보인다. 그의 조각품 〈걸어가는 사람〉처럼 사진 속 자코메티는 끊임없이 홀로 걸어가야 하는 것이 인생이라는, 고독한 인간의 실체를 그대로 보여주고 있었다.

비좁은 화실의 먼지뭉치마저 하나의 존재로 보아 아내 아네트로 하여금 털어내지 못하게 한 자코메티. 도록圖錄과 함께 장만한 장 주네의 『자코메티의 아틀리에』는 얇은 책임에도 불구하고, 자코메티의 일상과 예술세계를 잘 보여주고 있다. 자코메티는 "성인聖人이며 철학가인 동시에 20세기 최고의 예술가"라는 말에 나는 이의를 제기할 수가 없다.

모든 것을 버린 자의 평안

다자이 오사무太宰治(1909-1948)는 아내 미치코에게 이런 글을 남겼다. "소설을 쓰기가 싫어졌기 때문입니다." 그가 썼다가 찢어 버린 유서에 남겨진 글이었다. 누가 유서에 거짓말을 쓸까. 하지만 그의 유서는 본심이었는지도 모른다는 생각이 들었다. 그런데 정말, 그는 소설을 쓰기 싫어서 자살을 한 것일까?

미타카역三鷹駅에서 중앙로를 지나 남쪽으로 내려가다가, 왼쪽 대각선으로 꺾었다. 조금 더 내려가서 다자이 오사무 문학관을 만날 수 있었다. 다자이가 39년 짧은 생애 중 결혼 후 정착했던 곳이며 그가 죽을 때까지 드나들던 술집 '지구사千草'의 자리이다. 그는 신문사와 잡지사 사람들을 이곳에서 만났고 2층을 빌려 자신의 작업실로 쓰기도 했다. 지구사가 언제 문을 닫았는지 알 길은 없지만, 문학관이 문을 연 때는 2008년 3월로, 그러니까 그가 죽은 지 60주년 되는 해였다. 문학관에 이르니 기모노를 입은 다자이가 외벽 2차원 공간에 갇힌 채 웃음과 심각함이 중첩된 얼굴로 나를 맞았다.

문학관을 관리하는 이는 다자이의 후손이 아니라 지구사 주인이었던 쓰루마키 부부의 후손들이다. 남자는 자그마한 체구로 무척 친절했다. 연신 미소를 띠고 무언가 자꾸 도움을 주려고 애썼다. 다자이가 입었던 검정 망토를 건네며 그 옆에서 사진을 찍으라고 눈짓했다. 내가 사진을 몇 장 찍고 망토를 건네자 엄지손가락을 치켜세웠다. 젊은 직원은 다자이가 아이들과 함께 한 사진을 보여주었다. 부드러운 눈빛, 그는 자상하고 따뜻한 아버지였다. 다자이는 쓰루마키 부부에게 많은 신세를 졌던 것 같다. 야마자키 도미에와 함께 옥천 상수에 몸을 던지던 날 아침, 다자이가 급하게 쓴 유서의 수신인도 쓰루마키 부부에게였다. 다자이와 야마자키는 유서에 이렇게 적었다. "당신들은 장사와 상관없이 저희들에게 잘해주셨습니다." 자신들이 죽은 뒤 유품 관리까지 부탁했다. 단순한 술집 주인과 손님의 사이는 아닌 듯했다.

크지 않은 공간이지만 그의 연보와 사진들이 잘 전시되었다. 다자이가 미타카에 있던 동안 그의 흔적을 적시한 지도가 벽에 붙어 있었고 초판본과 각종 잡지 등도 만날 수 있었다. 그가 집필한 책과 친필 원고며 복제본, 그리고 비싸지 않은 문구들이 판매용으로 진열되었다. 나는 그 중 몇 개의 연필을 꺼내들었다. 다자이 이름이 들어간 연필로 글을 쓰면 그처럼 글쓰기가 가능하려나? 연필을 만지작거리며 그런 생각을 잠깐 했다.

글을 쓸 때 사용할 연필은 아니지만 나는 연필 모으길 좋아한다. 주로 책을 읽을 때 밑줄을 긋거나 탐나는 문장을 필사할 때,

또는 편지 쓸 때 사용한다. 나에겐 4B연필도 그런 용도로 쓰인다. 연필 말고도 기념품으로 챙겨가고 싶은 물건들은 더 있었다. 그 중 엽서와 테이블보, 진녹색 줄이 쳐진 원고지 묶음을 집어들었다. 계산한 기념품을 받아들며 연필을 다시 꺼내보았다. 연필 한쪽에 세로로 세 줄씩 글씨가 박혔다. 수박색 연필에는 금박으로 "'우리는 살아 있기만 하면 된다' 『비용의 처』에서", 은박의 검정색 연필은 "'인간은 사랑과 혁명을 위해서 태어났다' 『사양』에서"라고 적혀 있다.

다자이는 1909년에 태어나 1948년에 죽었으니 39년을 산 셈이다. 유년기에는 병약해서 죽음의 문턱을 몇 번이나 넘었고 소학교에 들어가서도 병으로 결석하는 날이 많았다. 열다섯 살에는 아버지를 여의고 스물일곱 살에는 맹장염 수술을 받았으나 복막염으로 진행돼 중태에 빠지기도 했다. 그 병을 고치기 위해 복용한 파비날로 중독에 시달려 다음 해에는 이것을 치료하느라 또 요양을 해야 했다. 그의 조상은 빈농이었으나 증조부가 고리대금업에 손을 대면서 가문이 일어나기 시작했다. 그는 집안의 이러한 내력을 몹시 부끄러워하였다.

다자이는 여러 여성과 사귀었다. 첫 애인이었던 오야마 하츠요, 카페 여종업원이자 동반자살을 시도했던 타나베 시메코, 매형의 동생으로 동거까지 했던 오다테 다모쓰, 결혼한 미치코, 아이까지 낳게 한 오카 시즈코, 그리고 함께 자살한 야마자키 도미에까지.

첫 애인이었던 오야마 하츠요는 게이샤로 알려졌다. 그녀가 고향 유지의 첩이 된다는 이야기를 들은 다자이는 그녀를 도쿄로 데려왔다. 이 사건으로 다자이의 모친은 심한 정신적 고통을 겪었고 그는 가문에서 제적되었다. 타나베와의 동반자살은 타나베만 죽고 다자이는 살아남아, 자살방조자로 낙인찍힌 것이 아니더라도, 그에게 상당한 고통을 안겨주었다. 타나베와 동반자살을 시도했던 때가 1930년, 그의 나이 스물두 살 때였다. 그는 스승인 이부세 마스지의 소개를 받아 이시하라 미치코와 서른 살이던 1월에 결혼하면서 생활의 안정을 찾기 시작했다. 가을에 미타카로 이사하고는 그때부터 일본 근대문학을 대표하는 주옥같은 작품들을 발표했다. 1944년 8월에 태어난 장남이 다운증후군이었는데, 그를 매우 힘겹게 한 일 중 하나였다. 그런 고통 속에서 그는『인간실격』(1948)을 마무리했다.『인간실격』은 문장 하나하나가 그의 이야기처럼 느껴진다. "어렸을 때부터 정말 행복한 사람이라는 말을 참 많이도 들었지만, 나로서는 항상 지옥 같은 마음뿐이고, 나를 행복한 사람이라고 말하는 그 사람들이 도리어 나와 비교도 안 될 만큼 훨씬 더 안락하게 보였습니다. 내게는 불행덩어리가 열 개나 있는데, 그 중 한 개라도 주위 사람들이 좀 짊어져본다면 그 한 개만으로도 충분히 그에게 치명타가 될 거라고 생각한 적도 있습니다."

그는 11남매 중 열 번째로 태어나, 어머니가 아닌 이모나 유모의 손에 자랐다. 다자이의 소설을 읽으면서 그의 결핍은 이런 점에서 비롯된 것은 아닐까 싶었다. 자신은 한번도 여자를 돈으로 산 적이 없다고 한 말을 어느 책에선가 읽은 적이 있는데 여자가 아닌 어머니 젖가슴을 찾았다는 것이다. 그는 가정에서는 물론 사회에서도 부적응자였다. 스스로 자신을 망가뜨림으로써 살아 있음을 확인하려 한 것은 아니었을까. 그랬기에 그는 네 번씩이나 자살을 시도했고 결국 다섯 번째 결행에서 죽을 수 있었다.

그러기에 소설을 쓰기 싫어서 죽었다는 말은 믿기 어렵다. 그가 1946년부터 2년 후인 48년까지 많은 작품을 발표한 것은 사실이지만 글을 쓰지 않는다고 그를 죽음으로 몬 이도 없기 때문이다. 그는 사회부적응자로서의 참으로 인간다운 인간이기를 바랐는지도 모르겠다. 무엇을 해도 행복하지 않았던, 그래서 바닥까지 가보자고 했던 어떤 날의 내가 그 옆에 겹쳐지는 것만 같았다.

나는 그의 자살에 동조까지는 아니지만 이해는 된다. 부유한 가정에서 태어났으나 아버지는 늘 바빴고 어머니는 병약했다. 어릴 적부터 감수성이 예민했던 그에게 고독과 소외감은 그림자처럼 따라다녔다. 그는 엘리트 의식을 지닌 청년으로 성장했지만 귀족으로서의 자부심을 떠나 지적 허영심에 대한 수치심으로 괴로워했다. 고교시절에는 공부보다는 문학과 좌익활동에 빠져 지냈으며 요정을 드나드는 등 수렁 속으로 깊이 들어갔다. 여러 여인들과의 연애, 불안감으로 찾아오는 자살충동 등으로 집안에서 내몰린 일들이 그의 작품에 영향을 준 것은 당연한 일이고, 어쩌면 그의 자살은 정해진 운명이었는지도 모른다는 생각이 들었다.

오카 시즈코는 중편소설 『사양斜陽』의 여주인공 가즈코의 모델로 알려진 인물이다. 다자이는 시즈코의 일기를 빌려와 그것을 모티브로 하여 『사양』을 집필했다. 소설은 제2차 세계대전 이후 어느 귀족의 몰락을 그렸다. 주인공인 가즈코는 몰락한 귀족의 딸로 이혼 후 친정으로 돌아와 어머니를 보살핀다. 어머니의 죽음을 지켜보며 그녀는 혁명을 꿈꾼다. 동생 나오지의 선생인 우에하라의 아이를 갖는 것. "나에게 어머니가 돌아가신다는 것은 곧 내 육체도 함께 소실되고 마는 느낌이다. 도저히 사실로 받아들여지지 않았다." 딸로서의 역할을 마친 가즈코가 자신의 꿈을 향해 현실을 헤쳐나가는 장면은 용감하다 할지 무모하다 할지, 문화적 차이에서 오는 괴리감은 어쩔 수 없었다. 그런데 가즈코의 용기에서 나약한 다자이의 모습이 보였던 건 비단 나뿐이었을까. 그것은 진정한 인간으로 다시 태어나고 싶다는 다자이의 갈구처럼 느껴졌다.

밖을 방황하던 나오지가 어린 여자를 데리고 집으로 왔을 때, 가즈코는 짐을 싸 우에하라에게 간다. 나오지는 가즈코가 떠난 다음날, 누나에게 유서를 남기고 어머니가 죽었던 방에서 자살한다. 마약과 술로 대부분의 시간을 보내며 궁핍한 생활을 지속한 나오지의 모습은 자신의 현실을 거부하는 몸부림이었다. 다자이는 나오지에게 자신의 전부를 심어놓은 듯하다. 이는 『인간실격』의 주인공 요조에게서도 확인할 수 있었다. 인간성이 상실된 현대사회의 모습을 적나라하게 보여준 『인간실격』은 끊임없이 자신을 파괴하는 요조를 통해 삶이 부질없음을 보여준다. 그는 "결국 내 죽음은 자연사입니다. 사람은 사상만으로 죽을 수 있는 게 아니니까요"라며 자신의 죽음을 정당화하는 나오지처럼 "모든 것은 그저 지나갈 뿐"이라며 사양斜陽의 인생을 독백한다.

오후가 되니 2월의 해가 바삐 떨어지기 시작했다. 그가 묻혀 있는 선림사禪林寺로 발길을 서둔다. 입구를 지나 왼쪽을 향해 있는 안내판에서 그의 묘비를 찾았다. 누가 다녀갔는지 꽃 한 다발이 놓여 있고 반쯤 남은 향에서 연기가 피어올랐다. 나는 그를 위해 짧은 묵념을 바치고 비스듬히 무덤 옆에 앉았다. 그의 소설 『사양』과 『인간실격』이 떠올랐다. 나는 다자이 곁에 앉아 가즈코와 그의 어머니, 그리고 나오지를 생각했다. 우에하라와 요조도 따라왔다. 이들은 하나같이 다자이의 모습이었다. 어느 한 사람에게서도 행복을 찾을 수 없었고 어느 한 사람에게서도 고통을 빗겨갈 수 없었다. 그제야 다자이의 마지막이 왜 자살이었는지를 알 것도 같았다. 자살의 정당성을 말하려는 것이 아닌, 그는 왜 자살을 택해야만 했을까에 대한 수긍 비슷한 것이다. 다자이의 죽음 앞에서 나는, 역설적이게도 생에 대한 그의 간절함을 본 것도 같다.

그의 묘 건너편에는 나쓰메 소세키夏目漱石와 함께 일본 고전문학의 양대 산맥이라 일컫는 모리 오가이森鷗外의 묘가 있다. 모리 오가이 곁에 묻히는 것이 다자이의 소원이었다니 그보다 행복한 일이 어디 있을까, 하는 생각이 들었다.

나는 나의 선생님과 다음 생도 함께하고 싶다는 생각을 한 적이 있다. 나에게 무덤이 허락된다면 이왕이면 선생님과 마주보는 곳이었으면 한다. 우리는 살았을 때처럼 자주 이야기를 나눌 것이다. 주로 문학 이야기일 텐데, 아마도 그때까지 나는 알아도 알아도 다 알지 못하는 이야기를 선생님을 통해 듣게 될 것이다.

해가 서쪽으로 가라앉을 즈음, 나는 몽상에서 깨어나 자리에서 일어섰다.

"태어나서 미안해요." 어디선가 그의 음성이 들리는 듯했다.

구샤미 선생과 고양이

긴자역을 출발하여 해질녘에야 조시가야역雜司ヶ谷駅에서 내렸다. 횡단보도를 건너 나쓰메 소세키夏目漱石(1867-1916) 무덤이 있는 조시가야 묘역으로 향한다. 지도에 나온 대로 5분여쯤 걸었을까, 저만치 꽤 넓은 공원묘지가 보인다. 가방에서 꺼낸 수첩에는 '중앙통로를 따라 숫자 1-14-1라인'이라고 적혔다. 나쓰메 소세키의 무덤이 있는 위치이다. 사람들은 무덤을 가로질러 자전거를 타거나 산책을 한다. 우리의 공동묘지와는 다른 풍경이다. 고양이 한 마리가 누군가의 제단 위에 엎드려 잠자고 있다. 몇몇 다른 묘에서도 고양이를 쉽게 볼 수 있다. 마치 묘지기라도 되는 것처럼 무덤을 수호하고 있다.

어느 분의 표현처럼 나쓰메의 묘비는 의자에 안치된 위패처럼 세워져 있다. 양 옆에 놓인 꽃병에는 백합과 국화꽃이, 제단에는 여러 개의 꽃다발이 놓여 있었다. 옷깃을 여미고 그 앞에서 고개를 숙였다. 꼭 한번 만나고 싶었던 분, 오래 전 『나는 고양이로소이다』를 읽고 나서 그런 마음이 들었다. 이 소설은 고양이의 시선으로 바라본 인간군상의 모습을 리얼리즘의 형태로 접근했다. 지식인들의 허위의식과 이중성을 사실적으로 풍자하고 전편에 걸친 유머와 지적 유희는 인간의 위선에 대한 각성을 환기시킨다.

주인 아저씨인 구샤미 선생은 '나[고양이]'를 집으로 들여놓아 줬다. 다른 사람들은 걸핏하면 '나'를 발로 걷어차, 되도록 아저씨 옆에 붙어 있으려고 한다. 아저씨는 책을 볼 때 두세 쪽 읽다 꾸벅꾸벅 졸기 시작한다. 책 위로 침을 질질 흘린다. 딱히 잘하는 것도 없으면서 뭐든지 도전하려 한다. 하이쿠를 짓고 신체시를 쓰고 오류투성이 영문을 쓰는가 하면 활쏘기와 소리를 배우고 악기를 켜는데, 뭐하나 잘하는 것이 없다. 그림을 몰라 미학을 전공한 친구에게 비웃음을 당할 때는 봐주기 민망할 정도이다. 구샤미 선생뿐 아니라 고양이 눈에 비친 인간은 모두 허점투성이다. 킬킬대고 웃지만, 웃다보면 곧 쓸쓸해진다. 어느 날 '나[고양이]'는 인간들이 남긴 술을 마시고 비틀거리다 술독에 빠진다. "나는 죽는다. 죽어 이 태평함을 얻는다. 죽지 않으면 태평함을 얻을 수 없다"로 작품은 끝을 맺는다. "태연하게 보이는 사람들도 마음속을 두드려보면 어딘가 슬픈 소리가 난다"는 고양이의 독백은 소설이 나온 지 100여 년이 넘었지만, 고독한 시대를 살고 있는 우리들에게 위안이 되는 메시지가 아닌가 한다. 나는 선생의 묘비를 바라보며 "나쓰메 선생님, 죽으니 태평하신가요?"라고 여쭈었다. 구샤미 선생과 고양이는 나쓰메 선생과 동체이기 때문이다.

도쿄에서의 둘째 날, 날이 추웠다. 온몸을 뒤집어쓰고도 남을 만큼 푸짐하게 생긴 검정색 롱패딩을 입었다. 길가 쇼윈도에 비친 내 모습은 멍청한 고양이 한 마리였다. 구샤미 선생이 보면 '바보' 같다고 할 게 분명했다.

나쓰메 소세키는 구마모토 문학관에서 7년 전에도 만났고, 4개월 전 이곳을 다녀간 것을 포함, 이번이 세 번째 알현謁見이다. 긴자역에서 지하철을 타고 니혼바시역에 내려 도자이선으로 갈아탔다. 이 길이 내가 묵은 긴자의 호텔에서 소세키를 만나러 가는 가장 가까운 길이다. 행선지는 와세다역, 그러니까 와세다대학이 있는 역이다.

그는 와세다대학 근처에서 태어났다. 그가 태어날 때 이곳은 도쿄가 아니라 에도江戸의 우시고메 바바시모요코초江戸牛込馬場下横町라는 곳이었다. 오늘날에는 신주쿠 구 기쿠이정喜久井町이 되었는데 이것은 1947년의 일이다. 본명은 나쓰메 긴노스케夏目金之助, 소세키는 필명이다. 그는 부모가 노년에 낳은 아이로, 출생 직후 양자로 보내졌다. 고물상인 요쓰야의 가게 앞을 지나던 누나가 바구니에 담겨 울고 있는 동생을 안고 왔지만 돌을 막 지났을 때 또 다른 집으로 보내졌다. 부친의 친구였던 시오바라 쇼노스케의 양자로서였다. 양부모가 이혼하면서 아홉 살 때 생가로 돌아왔지만 그는 자기 집이 낯설었다. 친부모를 할아버지 할머니라 생각할 정도였다. 그의 데뷔작 『나는 고양이로소이다』의 첫 문장을 그는 이렇게 시작하고 있다.

"나는 고양이다. 이름은 아직 없다. 어디서 태어났는지 도무지 알 수 없다." 이 문장을 보면 그의 유년시절이 떠올라 마음이 아프다. 버려진 새끼 고양이는 소세키 자신이다. '도무지 알 수가 없다'는 말이 더욱 아프게 와닿는다. "어디선가 어두컴컴하고 축축한 곳에서 야옹야옹 울던 기억만 남아있다." 광주리에 담겨 차가운 고물상 바닥에 놓여 있던 원초적 기억은 그의 무의식에 잠장潛藏된 것이었다. 친아버지에게도 양아버지에게도 그는 "인간이 아니라 오히려 물건이었다." 자신들의 이득만을 따지는 어른들을 보면서 "훌륭한 사람이 되어 세상과 맞서야겠다는 욕망"을 품게 되었다고 쓰고 있다. 그러면서도 친부나 양부를 마음속으로 끌어안으며 역지사지하는 소세키의 성숙한 인간적 모습은 왜 소세키인가를 알게 한다.

나쓰메는 유년기의 불행했던 양자 체험을 자전소설『미치쿠사道草』(1915년)에서 보여준다. 이 소설은 그가 자신의 생이 얼마 남지 않았다고 느꼈을 때, 50년의 생을 돌아본 작품이다. 그의 생애 중 가장 어두웠던 시기에 해당되는 작품인데,『미치쿠사』는 '길가에 난 풀'과 '한눈팔다'라는 두 가지 의미가 있다. 어떤 해석이든 소세키의 삶을 함축적으로 표현하는 제목이 아닌가 싶다. 자신의 문학을 통해 물었던 "나는 무엇을 하러 이 세상에 왔는가?"라는 물음은 그에게만 해당되는 질문이 아니었다. 내가 문학을 시작하면서 가졌던 질문이고 또한 화두이기도 했다. 아직 마땅한 답을 얻지 못한 나는 지금도 그 물음의 한 가운데 서 있다.

문학평론가 가라타니 고진柄谷行人(1941-)은 "나쓰메 소세키만큼 갖가지 장르와 문체를 구사한 작가는 일본뿐만 아니라 그 어느 나라에도 존재하지 않을 것이다. 그의 다양성은 하나의 수수께끼"라고 평가한 바 있다. 소설가 고바야시 교지小林恭二는 "나쓰메 소세키의 소설은 일본 근대문학의 선구였음에도 처음부터 높은 완성도를 보여주었을 뿐만 아니라 현대에 와서도 전혀 낡은 느낌을 주지 않는다"고 언급했다. 이외, 그의 작품들은 삶의 불안한 내면이나 풍경을 탁월한 통찰력으로 꿰뚫어 보여주었다는 평가를 받고 있다.

주요 작품으로는 『나는 고양이로소이다』 외, 『도련님』『산시로』『그 후』『마음』『길 위의 생』『명암』『나그네』, 수필집 『유리문 안에서』 등이 있다.

지하철이 와세다역에 도착했다. 역에서 올라와 지도에서 확인했던 그의 생가 자리로 향했다. 같은 길을 몇 번이나 오르락내리락했다. 귀신이 웃을 노릇이었다. 그가 태어난 곳에 세워진 비가 당최 보이지 않았다. 다시 언덕길을 약 오십여 미터 더 올라갔다가 되돌아왔다. 그 언덕을 나쓰메자카夏目坂라고 부르는데, 이렇게 이름이 정해진 것은 그의 부친 나쓰메 고효에 나오카쓰의 영향력 때문이었다고 그의 수필집 『유리문 안에서』에서 밝히고 있다. 그의 부친은 에도막부가 열리기 전, 우시고메의 유지였는데, 그 힘을 이용해 겐 로쿠시대 이후 마장하馬場下의 훌륭한 군주를 세습하고 있었기 때문에, 이 언덕을 그렇게 명명했다고 한다.

도쿄도 신주쿠 구 기쿠이정 1번지. 마침내 그의 생가 터를 찾을 수 있었다. 유심히 본다고 했으나 그곳이 아닌 다른 곳에 눈을 두어 헤맨 것이었다. 현재는 6층짜리 주거용 건물이며 1층에는 음식점들이 들어섰다. 건물 앞의 검은 화강암 비석에 '나쓰메 소세키의 생가터 비夏目漱石誕生の地碑'라고 적혀 있다. 이 비석은 소세키의 탄생 백 주년을 기념하기 위해 1966년에 세워졌으며 그의 제자인 아베 요시시게安倍能成(1883-1966)가 썼다. 아베는 철학자이자 교육가였고 또 상원의원, 문부대신을 지냈으며 칸트와 스피노자의 윤리학에 대한 책을 저술하기도 했다.

소세키산방으로 가기 전, 가까운 와세다대학부터 가보기로 했다. 교정을 산책하다가 정원에 있는 교내 커피점으로 들어갔다. 식물원이 마주 보이는 자리에 앉아 스콘과 커피로 늦은 점심식사를 대신했다. 나쓰메도 이곳 어디쯤에 앉아 쓴 커피 한 잔 했을까 생각하니 공연이 우쭐해지면서 기분이 좋아졌다. 2월의 짧은 낮을 보내기에는 일정이 너무나 빡빡했다. 그가 만년을 보낸 소세키산방기념관으로 가기 위해 다시 생가 터 쪽으로 방향을 틀었다. 지도대로라면 그곳에서 약 육백 미터 떨어져 있는 곳에 기념관이 있을 터. 와세다역을 따라 동쪽으로 200미터쯤 걸어 미니스톱이 보이는 곳으로 간다. 그곳에서 한 시 방향으로 난 옆 골목으로 들어서면 호젓한 주택가가 나온다. 흰 페인트로 길바닥에 고양이를 그려, 산방으로 가는 길을 안내한다. 고양이는 자신을 따라오면 나쓰메 선생을 만날 수 있다는 듯 경쾌한 발걸음으로 앞서 걸었다. 그를 따라가니 문학관에 쉽게 다다를 수 있었다.

이곳은 소세키가 살았던 장소로, 일본식과 서양식이 결합된 단층집이었다. 정원에는 커다란 파초가 심어졌고 현대적인 형태의 베란다형 복도가 길게 뻗어 있다. 산방은 이 부분을 그대로 재현했다. 이곳은 그의 생가 터와 약 육백 미터, 소세키는 이곳에서 생애의 마지막 나날을 보냈다. 그러고 보니 그가 태어난 곳과 임종한 곳의 거리는 육백 미터가 된다. 신주쿠 구 와세다미나미 초 7번지新宿区早稲田南町七番地. 소세키는 생전에 이곳을 '소세키산보漱石山房'라고 불렀다. 그가 실제로 문학활동을 한 기간은 생의 마지막 10년 동안이니 일본문단에 지대한 영향을 끼친 그의 작품들 대부분이 이 집에서 태어났다고 봐도 무방할 터이다. 안타깝게도 이 집은 1945년 5월 25일 미군의 공습으로 모두 불타 없어졌다. 신주쿠 구는 미래세대에게 장소의 기억을 선물하기 위해 소세키 탄생 150주년을 기념하면서 2017년 전용 박물관을 세웠다. 건물 오른쪽 그의 흉상과 마주한다. 흉상 옆 안내판이 우리에게 익숙한 그의 사진들을 보여준다. 양복에 넥타이를 매고 콧수염을 단정하게 다듬었다. 어찌 보면 매우 고집스럽게도, 또 어찌 보면 준엄해 보이기도 한다. 눈빛에서 장난기도 읽을 수 있는데 나는 거기서 구샤미 선생을 떠올리게 된다. 그의 작품을 읽은 사람이라면 충분히 그러고도 남을 것이다. 건물 뒤 정원에는 고양이 무덤이 있다. 소세키와 고양이는 떼려야 뗄 수 없는 관계였나 보다. 돌탑 주변은 깔끔하게 정돈되어 있고 화단은 작은 꽃들로 장식되어 있었다.

나는 그의 수필집 『유리문 안에서』가 작가의 인생관과 생애를 한눈에 볼 수 있는 자서전이라고 어느 글에서 평한 적이 있다. 『유리문 안에서』에서 나쓰메 소세키는 한정된 공간에서 무료한 시간을 보냈다. 만성 위장염에 시달리며 좋아졌다 나빠졌다 하기를 반복하는 과정에서 자신의 병을 생활의 일부라 여긴다. 병마와 싸우는 무료함 속에 오롯이 앉아, 자기 자신을 작품 안에 투영한다. 소세키는 "누가 뭐라 해도 나는 내가 하고 싶은 일만 하겠다"는 작가적 의지와 인간적인 고집스러움을 보여주었다. 기억에 남는 대목은, 그가 어느 날, 한 잡지사의 취재원과 사진 때문에 실랑이를 벌였던 일이다. 환하게 웃는 인물 사진을 선호하는 잡지의 특성상 작가에게 웃기를 권했지만 고집불통인 그는 아랑곳하지 않았다. 웃어달라고 사정할수록 그의 표정은 오히려 더 굳어졌다. 어찌어찌 사진을 찍었고, 며칠 후 사진을 받아본 작가는 낯선 자신의 모습과 마주했다. 쓴웃음을 짓고 있는 모습으로, 사진에 손을 댄 흔적이 역력했다. 취재원에게 '복수'를 당한 것이라 눙쳐버렸을 때의 유쾌함이라니. 이도 어느 날의 구사미 선생의 모습이었다.

안으로 들어가 '카페 소세키'에서 차 한 잔을 마신다. 백여 년 전 이곳 어디쯤에 앉아 유리문 밖을 내다보았을 그를 생각한다. 작품을 구상하거나 고양이와 대화하며 하루가 다르게 쇠약해지는 몸을 가누면서 글을 재촉했을 선생. 위궤양 재발과 함께 감기가 찾아와 바깥출입이 제한된 그는 '소세키산방'의 유리문 안에서 49세를 맞은 새해, 제자에게 보내는 연하장에 자신이 죽을지도 모른다는 예감을 밝힌다.

고양이의 피부병과 자신의 병을 연결하여 바라보는 마음, 불행했던 유년의 기억, 두 형의 폐결핵으로 인한 사망, 아내의 자살기도, 본인의 신경쇠약과 만성 위장병, 극도의 허무주의 등에도 불구하고 그가 만년에 표방했던 '칙천거사則天去私', 나를 버리고 하늘을 따른다는 그 노자적 순천관順天觀을 수용했다. 인간의 삶에 대한 깊은 성찰이 깃들어 있음은 물론이요, 쉽게 비관하지도 않았다.

소세키산방에서 그는 아내와 두 아들, 그리고 딸들과 함께 살았다. 집에는 방문객이 끊이지 않았다. 목요일마다 집 거실에서 그를 좋아하는 작가들과 문학살롱을 열었다. 모임이름을 '목요회[木世會]'라고 불렀으며 그의 제자 아베 요시시게도, 아쿠타가와 류노스케도 목요회 멤버였다.

도서관을 둘러보았다. 3,500권이나 되는 책들, 모두 소세키에 관련된 것들이었다. 일본문단에 대한 그의 공헌을 짐작할 수 있었다. 책은 방문객 누구든지 꺼내 읽어볼 수 있지만 빌려가는 것은 허용되지 않았다. 많은 사람들이 햇살 좋은 창가에 앉아서 책을 읽는다. 평안해보였다. 도시는 번화하고 시끄러우나 그런 도시 안에 이런 한적한 곳이 있나 싶을 정도였다. 문학관을 빠져나온 나는 그가 생전에 산책했을 골목길을 천천히 걸었다. 자신의 우울증과 시대의 모순 앞에서 수없이 고뇌했을 그를 느끼며 터벅터벅 발을 옮겼다. 아무러나, 하늘은 맑고 푸르렀다. 잘 정돈된 길을 걸으며 문학이 무엇인가를 생각해보았다.

소세키는 신주쿠에서 태어났고 신주쿠에서 살다가 신주쿠에서 죽었다. 신주쿠는 그의 탯자리이며 문학의 산실로, 그는 신주쿠新宿의 작가였다.

오르한 파묵의 순수박물관을 찾아서

인간에게서 기억이 사라지면 어떻게 될까? 나를 확인하기 위해 가끔 마주하게 되는 물음이다. 기억이 사라지면, 혼돈의 사선死線에서 끊임없이 두리번거릴 것만 같다. 어떤 길을 걸어왔으며 누구를 사랑했고 언제, 왜 슬펐는지 알 수 없어 흔들릴지도 모른다. 기억은 많은 것을 끌어내 행복한 순간을 추억하게 만들고, 때론 아팠던 때로 돌아가 그때의 나를 보듬어주기도 한다.

이스탄불은 내가 기억하는, 가장 좋아하는 도시 가운데 하나이다. 세계 곳곳을 여행한 것도 아니고 그렇다고 국내 큰 도시들을 모두 둘러본 것도 아니지만 이스탄불은 다른 도시와의 비교가 필요 없을 만큼 나에게는 꿈 같은 도시이며 내 인생에서 보물상자와도 같은 곳이다. 나는 가끔씩 그것을 열어놓고 어느 한때 나의 흔적찾기를 즐긴다.

내가 이스탄불에 처음 갔던 때는 2007년 겨울이었다. 새벽이었고 공항은 짙은 안개에 싸여 있었다. 타국이 아니더라도 무척

낯설었다. 시차를 적응할 사이도 없이 어느 영화 속 한 장면처럼 그 공간을 걷고 또 걸었던 기억이 남아 있다. 그리고 2013년 후로 몇 번을 그곳에 다시 갔다. 어떤 것의 끌림이었다고 해야 맞을 것 같다. 그곳에 갔던 기억은 하나도 망각되지 않는다. 신기한 일이다. 구시가지의 좁은 골목도, 밤 늦도록 불을 밝힌 술탄 아흐메트 1세 자미(블루모스크)도, 거기서 얼마 떨어지지 않은 비잔틴제국의 영광이라 불리는 아야소피아 성당도, 톱카프 궁전도 똑같은 감동과 흥분으로 다가왔다.

나는 소설가 오르한 파묵Orhan Pamuk(1952-)을, 그가 노벨문학상을 받던 2006년에 이미 알고 있었다. 경유지였던 독일 프랑크푸르트 광장 한복판에서 전경린을 그리워했던 것처럼, 이스탄불 히포드롬 광장에서 똑같이 오르한을 떠올렸다. 두 번째 갔을 때에도 여전히 오르한 파묵을 기억했다. 기억은 새로운 상상을 하도록 하고 상상은 간혹 현실이 되어 더 큰 그림을 그리도록 해준다. 오르한은 나에게 그것을 가능하게 했다.

2013년, 이스탄불에 두 번째 갔을 때 '순수박물관'을 방문했다. 그곳에 가기 전, 소설을 쓰는 친구의 블로그를 구경하면서 소설이 아니라 실제 공간에 순수박물관이 있다는 것을 알았다. 친구 일행이 파묵을 만나 인터뷰하고 함께 찍은 사진을 보면서 많이 부러웠다. 그때는 2010년이었고 순수박물관이 개장하기 전이었다. 소설 『순수박물관』이 출간된 해가 2008년이고 순수박물관이 문을 연 해는 2012년이다. 그러니 나는 책이 출간되기 1년 전과 박물관이 문을 연 1년 후에 이스탄불에 간 것이었다.

소설은 1974년부터 2000년대 초반까지, 약 30년을 배경으로 진행된다. 주인공인 케말과 퓌순은 그 시간 동안 만남과 헤어짐을 반복했다. 결말은 퓌순의 죽음이라는 비극으로 끝나지만, 케말은 연인과의 30년 기억을 간직하기 위해 박물관을 세운다. 오르한 파묵은 그 안의 시간을 소설에서 더욱 확장해나간다. 1950년에서 2000년 사이의 이스탄불의 삶을, 두 가족을 등장시킴으로써 묘사는 더욱 섬세해진다. 케말의 가족은 부유하고 퓌순의 가족은 가난하다. 소설은 50년에 걸쳐 흐른 이스탄불이라는 도시의 시간을 기억한다. 파묵은 소설에 그치지 않고 그 시간의 기억들을 현실의 공간에 되돌려놓았다. '순수박물관'의 탄생이다. 그는 소설을 구상한 1990년대부터 이스탄불의 생활 소품들을 모으기 시작했다. 박물관에는 소설에 등장한 인물들이 사용하고, 입고, 듣고, 보고, 수집하고, 꿈꿔왔던 모든 것들이 모여 있다. 그곳을 방문하지 않아도 소설 속 주인공의 기억은 편집이 가능하다. 박물관을 즐기기 위해 반드시 책을 읽어야 하는 것은 아니지만 소설을 읽은 독자라면 누구나 박물관을 가보고 싶어할 것이다. 작가가 거기까지 계산한 것인지도 모르겠다는 생각에 미치자 케말의 집요함이 파묵의 그것이었음을 알게 한다.

『순수박물관』은 사랑에 인생을 '허비'한 두 사람의 이야기이다. 퓌순은 8년, 케말은 30년 가까이 허비했다. 그들이, 아니 우리가 사랑에 인생을 허비하지 않고 자신의 천직에 정진한다면 세상은 어떻게 될까를 상상하면서 최근에 읽은 플라톤의 『폴리테이아』를 떠올린다. 작품 속에서는 사랑이 거세되어 있다. 남자와 여자의 관계는 오직 종족 번식을 위해서만 사용되어야 한다고 플라톤은 주장한다. 이 주장대로라면 남녀가 육체적 관계를 맺지 않아도 종족 번식이 가능해진 현대의 과학기술사회에서 사랑은 더욱 무의미하다. 사랑 없는 인생에서 문학이 가능하기는 한 것일까?

번역자인 이난아는 이 작품을 '소설이면서 동시에 한 남자의 회고록'이라고 말한다. 한 여자를 평생 사랑한 한 남자가 그녀의 집을 방문할 때마다 그녀의 물건을 훔쳐와 그녀와 사랑을 나누었던 지한기르의 멜하메트 아파트에 간직했다가 그녀가 죽고 나자 그의 집을 사들인다. 그들의 실제 공간에서 소설과 현실의 세계가 연결되어 독자로 하여금 상상을 하게 한다.

오르한 파묵은 부유한 가정에서 태어났지만 부모의 불화로 다섯 살 때 이모집에 맡겨졌다. 같은 이스탄불에 살면서도 형은 할머니집에서, 오르한은 이모집에서 성장한다. 유년시절, 그는 다른 곳에 살고 있는 또 다른 오르한을 상상하기를 좋아했다. 그것은 이모부가 어떤 사진을 가리키면서 사진 속 아이가 오르한이라고 말하면서부터였다. 사진 속 아이는 오르한이 아닌, '사랑스런 아이의 복제물'이었는데 이모부는 오르한도 사진 속 아이와 같다고 이야기한다. 어린 오르한은 그 사진을 보면서 자신이 진짜 자신인지 혼란스러워한다. 어디에 있어도 그곳의 '내'가 진짜 '나'가 아닌 것 같았다고 한다. 형이 살고 있는, 할아버지와 할머니가 계신 이스탄불 니샨타쉬의 파묵 아파트로 빨리 돌아가고만 싶다.

파묵의 어린 시절 기억은 그의 문학 전반에 영향을 미친다. 오르한 파묵은 터키문학을 대표하는 세계적 작가이며 격동의 터키

현대사를 무대로 소설을 쓴 작가로도 유명하다. 『눈』으로 "이슬람 근본주의와 세속주의 사이의 첨예한 갈등을 그 어떤 논픽션보다도 훌륭하게 그려냈다"는 평가를 받았다. 터키의 비민주적인 정치에 대한 비평을 써서 신변에 위협을 받기도 했다.

케말은 시벨과 결혼을 약속하고 약혼식을 치른 뒤 함께 살지만 둘이 함께 산 집이 아닌 다른 집을 꿈꾸었다. 그가 시벨과 데이트를 하다가 샹젤리제 부티크에서 어린 시절 보았던, 지금은 그곳에서 일하는 퓌순을 만난다. 퓌순에게 사랑을 느끼며, 그는 결혼은 시벨과 하고 사랑은 퓌순과 하기를 원했다. 하지만 그의 무의식은 적당한 쾌락의 퓌순이 아니라 훗날 그가 확인한 순수한 사랑 퓌순을 향하고 있음에 틀림없다. 그러기에 시벨과 헤어지고 자취를 감춘 퓌순을 찾아나섰고, 마침내 유부녀가 된 그녀의 집을 8년 동안이나 드나들 수 있었다.

케말은 정확히 7년 하고도 열 달 동안 퓌순을 만나러 저녁식사 시간에 그녀가 살고 있는 추크르주마로 갔다. 처음 간 것은 1976년 10월이었고 마지막으로 간 것은 1984년 8월이었다. 그 사이에 2,864일이 지나갔다. 케말은 그 집에 1,593번 저녁을 먹으러 갔다. 그러면서 케말은 퓌순이 핀 4,213개의 담배꽁초를 수집했다. 버려진 담배꽁초는 퓌순의 기분에 따라 구겨진 모양이 달랐다. 그것은 날짜와 상황에 따른 강렬한 감정의 증거였다. 케말이 없을 때 그녀는 담배를 거의 끝까지 피웠다. 신경질적으로 재떨이에 담배를 비벼 끌 때도 있는데 그것은 그녀의 초조함 때문이었다. "입술에 바른 립스틱 때문에 붉은 색으로 멋지게 물들어 있는 이 담배꽁초 하나하나는, 깊은 슬픔과 행복한 순간의 추억을 간직하고 있는 아주 특별하고 은밀한 물건이다."

이슬람국가에서 그들의 사랑에는 많은 장애가 따랐다. 상류층인 케말과 중산층인 퓌순이 사랑하는 것이 과연 가능할까에서 시작하여 자유연애는 인정하면서 여성의 혼전 순결에 집착하는 사회, 그리고 부자 동네와 서민 동네의 차이, 오리엔트 국가에 들어온 서구의 문화가 가져다주는 혼란 등이 두 사람의 사랑 안에서 펼쳐진다. 케말과 퓌순은 이슬람교리에 저항하며 세속적 이슬람을 따를 수밖에 없었는데 실제로 파묵은 세속적 이슬람을 주창한다. 하지만 무엇보다도 핵심은 사랑이고 그 사랑의 기억이 '순수박물관'이다.

이스탄불을 떠나기 전날, 나는 이스탄불의 거리, 아니 케말과 퓌순이 사랑을 일구었던 거리를 오랫동안이나 거닐었다. 그들의 흔적으로 가득한 이스탄불은 파묵이 '순수박물관'에 그려놓았던 것처럼, 튤립이 소담하게 심어진 골목도, 알록달록한 빨래가 걸려 있는 어느 집의 발코니도, 예정된 풍경이었던 듯 나를 차례로 맞았다. 그들의 시간 속으로 걷고 있는 순간이 꿈만 같았다. 케말이 퓌순에게 운전을 가르치기 위해 자동차를 태운 장소인 피루즈아아 사원, 그들이 차를 운전하며 지나갔던 보스포루스 길, 주차를 했던 에미르간의 콘크리트 부두, 케말이 행복을 맛보았던 일드즈 공원 등을 일일이 확인했다.

퓌순이 가게 일을 그만둔 것을 안 케말은 퓌순을 찾아나섰다. 그녀가 살던 아파트는 쿠유루보스탄 골목에 있었다. 이곳은 서

민들이 사는 동네이다. 케말이 고모라고 부르는 퓌순의 어머니 네시베는 퓌순을 찾아온 케말을 보고는 "함께 고민을 나누자고요"라고 말한다. 케말은 그 말의 의미를 아직도 알지 못하고 물었다. "퓌순은 없나요?" 퓌순의 어머니는 짧게 대답했다. "없어. 없어." 그녀는 퓌순을 잊으라며 말했다. "걔 아버지가 아주 먼 곳으로 데려갔어요. 아주, 아주 먼 곳으로. 이제 당신도 그 아이를 잊어요. 걔도 당신을 잊을 겁니다." 퓌순은 케말과 시벨의 약혼식 이후 케말에게서 모습을 감추어버렸다. 퓌순의 아파트에서 20분 정도 떨어진 곳에는 케말과 퓌순이 사랑을 나누던 멜하메트 아파트가 있었다. 지한기르는 쿠유르보스탄에서 탈라바시 길을 건너 네 시 방향 아래였다. 어느 날 케말에게 짧은 편지 한 통이 전달되면서 두 사람의 사랑은 새로운 전기를 맞이한다. "사랑과 존경을 담아, 퓌순." 주소는 추크르주마 달그츠 측마즈 24번지였다. 퓌순이 결혼해서 살고 있는 추크르주마도 지한기르나 쿠유루보스탄으로부터 멀지 않았다.

퓌순은 케말과 함께 떠난 여행에서 직접 운전을 하다가 길가의 플라타너스 나무를 들이받고는 불귀의 객이 되었다. "사고 직후, 퓌순과 나는 서로의 눈을 들여다보았던 것이다. 퓌순은 자신이 죽어간다는 걸 알고 있었고, 그 이 초, 삼 초 동안, 죽고 싶지 않다고, 매순간 삶에 애착을 가졌다고, 자신을 구해달라고 애원하는 눈으로 나를 바라보았다." 팔 년의 기다림 끝에 온 사랑은 그렇게 허망하게 떠났다. 그녀는 가장 행복했던 순간에 최대의 비극을 맞았다. 아니, 어쩌면 그때가 그녀 최고의 행복한 순간이었을지도 모른다.

그 뒤 케말은 박물관을 짓기 위해 퓌순이 살았던 집을 사들였다. 정확히 말하면 퓌순이 살던 집은 2번지이고 박물관을 지은 곳은 24번지이다. 그곳은 케말과 퓌순의 공간이며 그들의 이야기이다. 이스티클랄 대로에서 조금 떨어진 추르크주마 대로에 위치해 있으며 이 길은 퓌순이 살던 거리이고 케말이 그녀를 만나기 위해 2,864일 동안 매일 지나갔던 곳이기도 하다.

파묵은 설계와 시설 등을 거의 소설과 같게 꾸미려했다. 소설은 총 83장으로 이루어졌고 순수박물관은 3층짜리 건물에 83개의 진열장을 전시했다. 건축학을 공부한 그답게 어느 것 하나 이야기를 빗겨간 물건이 없었다. 모든 설계와 설치는 그의 머리에서 흘러나왔다. 어느 물건은 훔치기도 하고, 어떤 물건은 헐값에, 어떤 것은 공짜로 얻었으며, 또 어떤 것은 거금을 주고 사들여 그곳을 꾸몄다. 얼핏 골동품가게를 연상케 하면서도 어느 세련된 도시의 상점을 돌아가며 감상하는 듯한 기분이 들기도 한다.

케말은 2007년 4월 12일, 그러니까 퓌순이 살아 있다면 쉰 번째 생일이 되는 날에, 그 자신은 예순두 살이었을 때, 밀라노 그랜드 호텔 어느 방에서 아침 무렵, 심장마비로 잠든 채 퓌순 곁으로 갔다. 퓌순이 떠난 지 20년이 지나서였다.

케말이 만약 퓌순과의 사랑에 인생을 허비하지 않았다면 그 시간 동안 그는 과연 무엇을 했을까? 박물관을 걸어나오면서 나도 모르게 자꾸만 뒤가 돌아보아졌다.

하이델베르크, 또 다른 시간 속으로

늦은 아침을 먹고 호텔을 나섰다. 프랑크푸르트 역에서 간선 열차를 타고 40여 분만에 하이델베르크 역에 도착했다. 길다면 길 수 있는 시간, 하지만 나에게는 눈 깜짝할 사이의 시간이었다. 열차가 만하임에서 정차했을 때, 하마터면 열차 밖으로 뛰어내릴 뻔했다. 회색빛으로 가득한 만하임이 내 몸을 끌어당기고 있었다. 촉촉하게 내리는 비 때문이라고 생각했다. 손을 뻗으니 이슬비가 손바닥에 간지럽게 와닿았다. 마치 마술에 걸린 듯 몸은 자꾸만 밖으로 기울었다. 곧 열차가 움직였고 나는 비로소 머리를 흔들어 정신을 차릴 수 있었다. 그곳에 내리지 못한 아쉬움은 지금까지도 남아 있다.

며칠째 비만 내리던 프랑크푸르트와는 달리 하이델베르크는 날씨가 화창했다. 축축한 역사는 방금 전까지 이곳에도 비가 내렸음을 알려주었다. 역전 안내판에 한국어로 된 하이델베르크 관광지도가 꽂혀 있었다. 책에서만 보았던, 빨간 지붕의 도시 하이델베르크에 와 있다는 사실이 믿기지 않았다.

하이델베르크는 30년 전쟁(1618년~1648년)으로 폐허가 된 도시였다. 엎친 데 덮친 격으로 프랑스의 침략(1693년)에 성의 대부분이 파괴되었다. 이 때문에 성령교회와 마르슈탈(옛날 왕실 마구간), 기사회관만이 가까스로 남게 되었다. 하이델베르크 성은 두 차례(1689, 1693) 프랑스에 의해 파괴되었고 벼락을 맞기도 했다지만(1764) 하이델베르크 시가지를 압도하는 건물로 단연 으뜸이다.

하이델베르크 역에서 성까지는 버스나 자전거를 이용하는 방법이 있으나, 나는 걷는 쪽을 택했다. 어차피 하루를 통째로 그곳에서 보낼 참이었다. 천천히 걸으면서 시가지를 구경했다. 아파트 발코니마다 걸린 붉은 제라늄이 봄을 재촉하고 있었다. 상점들은 경쾌한 음악으로 관광객의 발길을 끌었다. 골목 안을 기웃거리기를 한참, 내 몸은 어느 기념품 매장 안으로 스르르 빨려 들어갔다. 마치 살림 잘하는 여인이 솜씨를 발휘한 것처럼 가게 안은 아기자기하게 잘 꾸며져 있었다. 주방용품 코너에서 나도 모르게 발이 멈췄다. 어떤 무늬도 그려져 있지 않은 흰 접시가 유독 나의 마음을 잡아당겼다.

신혼집을 장만하고 가장 먼저 구입한 것은 흰 그릇세트였다. 어떤 음식을 담아도 음식 고유의 빛깔과 맛을 유지시켜줄 것 같은 순백의 접시는 앞으로 내가 채우고 꾸려나가야 할 정갈한 가정의 풍경이기도 했다. 하지만 그릇에 음식을 몇 번 담아보지도 못하고 나의 가정은 금이 갔다. 집을 빠져나오면서 마음을 추스를 양으로 충동적으로 떠난 여행이었다. 함께하기로 했던 친구에게 사정이 생겨 무산이 될 수도 있었던 여행, 혼자라서 불가능한 일은 아니었다. 시간이 흐를수록 잘 왔다는 생각이 들었다.

유리병과 캔들, 비교적 저렴한 선물용 향수와 비누 등이 인상적이었다. 한국에서와 별반 다를 것 없는 제품들이 이 공간에서는 색다르게 느껴지는 이유는 무엇인지. 세련된 색상이나 독특한 진열방식 때문이었을까. 그들은 단순한 진열이 아닌, 코너마다 이야기를 담아 공간을 장식했다. 어디에 쓰는지조차 모를 몇몇 용구들이 궁금했으나 묻고 싶은 용기는 나지 않았다. 아무래도 고등학교 때 잠깐 배운 독일어를 써먹을 배짱이 없었던 것이다.

하이델베르크의 구시가지는 비스마르크 광장으로부터 시작되었다. 메인 거리인 하우푸트거리 양쪽에는 관광객을 위한 선물가게며 레스토랑이 줄을 지었다. 깨끗한 골목을 지날 때마다 그림책 속에 들어와 있는 것 같은 착각이 들었다. 식당 테라스의 식탁에 꽂혀 있는 한 송이 장미를 보는 것만으로도 마음이 설렜다. 물건을 산 것도 식사를 한 것도 아니었는데 나는 어느새 그곳 풍경 속 일부가 된 것만 같았다.

말로만 듣던 네카르 강. 나는 칼테오도르 다리에 섰다. 건너편 철학자의 거리를 가기 위해서는 다리를 건너야 했다. 괴테를 비롯한 많은 시인과 철학자들이 사색의 거리를 거닐었다고 생각하니 거슬러간 그 시간이 전혀 낯설게 느껴지지 않았다.

다리 입구 왼쪽에는 손에 거울을 들고 있는 원숭이 조형물이 수문장처럼 근엄하게, 그러나 약간은 익살스러운 표정을 짓고 서 있었다. 예전 하이델베르크엔 원숭이가 많았다고 한다. 환경파괴는 많은 원숭이들을 사라지게 했다. 거울을 든 원숭이는 자연을 훼손하면 너희 인간들도 우리처럼 언젠가는 사라질 거라며 지나가는 사람들에게 경고하는 것이라고 했다. 원숭이가 들고 있는 거울이 인간의 마음을 비추기도 한다하니 사진을 찍기 위해 가까이 다가서기가 어쩐지 망설여졌다. 자연을 훼손한 죄 때문만은 아니었다. 살아오면서 거쳐왔던 내 수많은 실수를 그가 모두 알고 있을 것만 같았기 때문이다. 나는 멀찍이서 원숭이를 사진기에 담았다.

하이델베르크 성에서 바라다본 도시의 풍경은 걸으면서 느낀 것과 또 달랐다. 카메라 렌즈처럼 손가락으로 4각형을 만들어 도시 곳곳을 내려다보았다. 지나가는 관광객들이 그런 나의 행동을 재미있어 하며 바라보았다. 나는 멋쩍게 웃었다.

정원을 산책했다. 오래된 헤드라Hedera가 성 담장을 타고 오르는 중이었다. 혹독한 겨울을 이겨내며 높이 또 높이 담장을 오르는 헤드라가 홀로 정원을 거닐고 있는 나를 응원하고 있는 것만 같았다. 괴테는 이곳에서 유부녀 빌레머 부인을 만나 사랑을 하게 되었고, 그 마음을 담아 『서동시집』을 출간하기도 했다던데. 그의 지치지 않는 사랑과 지치지 않는 문학에 대한 열정이 부러웠다.

멀리 네카르 강이 옅은 안개 속에서 유유히 흘렀다. 성을 오르기 전에 보았던 칼테오도르 다리는 능숙한 화가의 손놀림으로 완성된 그림처럼 고풍스러웠다. 성 아래 확 트인 전경을 바라보자

막혔던 가슴이 뻥 뚫리는 기분이었다. 여행이 주는 선물은 이런 것이었다. 누구에게 간섭 받지 않고, 우울한 기분에 마냥 머물지 않게 하는 것, 또 다른 시간 속에서 낯선 나를 만나게 되는 것, 그런 나를 맘껏 어루만질 여유가 생긴다는 것, 있는 그대로의 나를 기꺼이 바라볼 수 있는 시간을 갖게 된다는 것이 그것이다. 모르는 사이 품이 넓어지고 있는 자신을 발견한다. 나는 선택이 비교적 빠른 편이나 그 선택이 틀렸다고 생각한 적은 별로 없다. 해서 아쉬움을 느끼기보다는 내가 선택한 쪽에 믿음을 실어주는 시간이 외려 필요했다. 이번 여행이 그런 시간을 선사해 주지 않았나 싶다.

그날 나는 하이델베르크의 또 다른 시간 속에서, 세상에 단단하게 붙박여 살아야 할 나를 위해 숨을 고르고 있었다.

라스베이거스의 불빛

라스베이거스, 호텔 '리오' 16층 객실에서 야경을 감상 중이다. 친구 초청으로 한 달여 묵게 될 라스베이거스. 친구는 일을 하러 잠시 나가고 나는 넓은 객실에 홀로 앉아 거리가 짐작되지 않는 불빛의 끝 지점을 바라본다. 비행기에서 내려다보았던, 삭막하기만 했던 낮 풍경과는 사뭇 다르다. 이제야 도시는 온전히 꿈틀대기 시작한다.

꿈을 향해 한걸음에 이곳으로 달려왔을 이름 모를 청춘들. 그들을 위해 쓴 커피 한 잔을 창 너머 불빛을 향해 권해본다. 빛은 잠시 초점을 잃고 흔들리다가 다시 선명해졌다. 화려한 불빛 아래 자신의 아픔을 감추었던 이들의 목소리가 들리는 듯하다.

멀리 자동차 한 대가 신호등에 걸려 있다. 라스베이거스 거리의 요란한 야간 질주를 상상했던 나의 기대는 보기 좋게 빗나갔다. 모두들 카지노로 빨려들어간 밤 1시 30분, 거리는 한산하고 심심한 자동차는 목적지를 코앞에 두고 신호등과 시간재기놀이를 하는 중이다.

불빛을 반짝이며 비행기가 공항에서 멀어진다. 문득 얼마 전 보았던 영화 〈카이츠〉가 불빛 사이로 오버랩 된다. 성공을 위해 라스베이거스에서 춤을 추는 청년. 그는 돈을 벌기 위해 위장 결혼과 이혼을 거듭한다. 카지노 보스의 딸이 그에게 접근하지만 그녀의 배경을 모르는 그는 그녀에게 관심이 없다. 사랑이 없는 결혼, 그의 목적은 오직 돈이었다. 그러다가 우연히 여인의 정체를 알게 된 청년은 그녀를 유혹하고 그들은 결혼을 약속한다.

달콤한 나날을 보내던 그 앞에 예전 자신과 위장결혼을 했던 여인이 보스 아들의 약혼녀가 되어 나타난다. 그들은 은밀한 눈빛을 나누며 그동안 몰랐던 서로의 마음을 확인한다. 가난하더라도 사랑하는 사람과 함께하고 싶었던 두 사람은 보스의 아들, 딸과 헤어지지만 그들을 쫓는 끈질긴 추격에 결국 죽음을 맞는다. 사랑 없는 순간의 결정이 아픈 결말을 낳게 된다는 빤한 스토리임에도 내 가슴은 충분히 먹먹하고도 쓸쓸했다. 화려함 속에 감춰진 쓰라린 아픔, 지금 내가 바라보고 있는 라스베이거스의 야경 또한 그와 다르지 않을 것이다.

친구가 나를 처음 초대한 것은 2년 전이었다. 내 처지가 쉽게 여행을 마음먹을 만큼 만만치 않아서 그녀의 간절함에도 번번이 거절할 수밖에 없었다. 하지만 4개월 전인 작년 10월, 그녀는 끈질기게 매달려 나의 대답을 얻어내고야 말았다.

따지고 보면 눈 한번 딱 감고 진작 저질러도 좋을 일이었다. 헤어진 지 20년도 더 된 우리가 그녀의 집요한 추적으로 다시 연락이 닿았다. 나에겐 기적과도 같은 일이다.

그녀는 라스베이거스 모 호텔에서 딜러로 일한다. 형편을 굳이 짐작하고 싶지는 않다. 친구도 나의 형편에 대해 꼬치꼬치 묻지 않는다. 내가 친구 초청으로 미국에 간다고 했을 때 주변 사람들은 그녀의 처지에 대해 먼저 물었다. 그도 그럴 것이 누군가를 초청한다는 것이 쉬운 일은 아니기 때문이다. 그것도 한 달여, 그녀도 나도 어떤 쪽으로든 사정이 여의치 않았다면 입도 벙긋하지 못했을 일이다. 나는 오랜 친구를 만나야 한다는 것 하나만 생각하기로 했다. 친구도 나와 다르지 않았을 것이라고 믿는다. 우리는 반드시 만나야 할, 숙제 같은 그리움이 있었기에 오늘 여기에 있는 것이다.

그녀가 나를 부른 것은 힘들게 살고 있는 자신을 드러내기 위함도 아니요, 나보다 나은 모습을 자랑하기 위함도 아닐 터이다. 그리웠고, 마침 기회가 되어 만나는 것일 뿐 우리에게 다른 이유는 없다. 그렇기에 그녀는 아무렇지 않게 나를 두고 일터로 떠날 수 있었고, 졸린 눈을 비비며 내일 아침에 내 방 벨을 누를 것이다. 나 또한 그녀가 없는 이곳이 전혀 허전하지 않고 낯선 곳에 나를 두고 가는 그녀에게 서운한 마음도 없다. 오히려 늘 보아왔던 서로의 모습인 것처럼 익숙하다. 그리고 우리에게 오늘만 허락된 것은 아니다. 이곳에 머무는 동안 우리는 틈나는 대로 여행을 할 것이고 때론 그녀 없이 지금처럼 호텔에 머물러 수 시간을 지낼 수도 있다.

그녀의 꿈에 대해 생각해본다. 하루 벌어 하루를 먹고 사는 나와는 다를 것이다. 젊었을 때도 그녀는 아무 생각 없이 지내던 나와는 많이 달랐다. 자신에게 무엇이 필요한지를 알았으며 타인에게 의지하기보다는 스스로 당당하게 서길 원했던 친구였다. 어느 날 갑자기 고국을 떠난 이유도 홀로서기를 하기 위함이었다. 미국 생활은 녹록지 않았다. 먼저 정착한 형제들이 내민 손길이 반갑지만도 않았다. 마음을 먹은 이상 자신의 일을 찾아야 했다. 아메리칸드림은 이미 그녀 앞에서 막을 내린 다음이었다. 화려함 뒤에 감춰진 어둠을 경험하면서 그녀가 겪었을 외로움이 저 불빛 속에서 아프게 흔들리고 있는 것만 같았다.

이곳으로의 여행이 충동적 결정이 아니었음을 그녀도 나도 충분히 알고 있다. 20여년 만에 마주한 그녀와 나. 라스베이거스 공항에서의 만남이 어제 만났던 사람을 대했던 것과 다르지 않았던 이유다.

낮에는 숨을 죽인 듯 삭막하기 그지없던 도시가 밤이 되면 어김없이 불빛으로 반짝인다. 우리도 저 불빛처럼 숨을 죽이며 힘든 시간을 견뎌내고 있는 것은 아닐까. 우리가 견디고 있는 지금이 시간이 반짝이는 내일로 연결되기를 간절히 바라면서.

3부

각설탕

찻집 테이블 위에 각설탕이 놓였다. 멋대로 쪼아놓은 갈색과 흰색의 돌멩이 같은 각설탕이 타원형 그릇에 반반씩 담겨 있었다. 정형의 틀을 벗어난 제멋대로의 모습이 나를 자극했다. 갈색 덩어리 하나를 집게로 집어 손바닥 위에 올려놓았다. 입에 넣어 보고 싶었다. 주위를 살피다가 얼른 입안에 쏙 넣어버렸다. 달콤한 덩어리가 혀 위에 살포시 올라앉았다. 입을 오므리니 거친 감촉이 혀와 입천장을 자극했다. 혀로 굴려보았다. 금방이라도 사르르 녹아버릴 것 같아 다시 입천장과 혀 사이에 공간을 주었다.

침이 고였다. 꼴깍, 침을 삼켰다. 달콤했다. 갑자기 와작 깨물고 싶어졌다. 그럴 수는 없었다. 살살 굴려 녹일 것이었다. 가능한 한 오래, 투박한 그 모양을 즐기며 거친 모서리를 둥글게 만들어볼 참이었다. 이리저리 살살 굴렸다. 설탕의 단물이 며칠간 쌓였던 피로를 몰아내주는 것만 같았다.

나는 의자 등받이에 몸을 깊숙이 밀어넣었다. 달콤한 맛을 오래 느끼면서 녹이고 싶었다. 그런데 어느 순간 덩어리가 와르르 무너졌다. 깨물 수도 녹일 수도 없는 애매한 순간. 황당했다. 달콤한 덩어리의 수명이 이리도 짧을 줄이야.

우리 두 사람 앞날에 그 무엇도 장애가 되지 않을 거라 생각했던 때가 있었다. 매일 봐도 그가 궁금했고 헤어지면 바로 그리웠다. 밤새 통화해도 끊는 순간 다시 그의 목소리가 듣고 싶어졌다. 어떤 일도 그와의 만남을 대신할 수 없었다. 그의 손길은 단잠을 불러들였다. 밤을 새워 작업을 해도 그를 만날 생각을 하면 피곤이 물러갔다.

그랬던 우린 어찌 되었나. 단단했던 때가 있었나 싶게 부서졌고, 달콤했던 날이 언제였나 싶게 떨떠름해졌다. 애초에 아무 일도 없었던 것처럼 지금은 서로의 일에 열중하고 있다.

달콤함은 일순간이었다. 그런 줄 모르고 빠져들고 알고도 다가서는 것이 사랑인가. 녹은 후의 허망함을 알면서도 또 다시 하나의 각설탕을 집어드는 어리석음과도 같은.

살구

놀이터 마당가 살구가 익어간다. 오며가며 며칠을 바라만 보았다. 한 개쯤 따먹고 싶었지만 그럴 수 없었다. 경비아저씨는 떨어진 살구를 아침마다 빗자루로 쓸어냈다. 노란 살구가 쌓이면서 조금씩 썩어갔다. 형부는 아파트 정원에서 앵두를 한 대접 따왔다. 해를 거른 앵두는 굵기가 어른 엄지손톱만 했다. 앵두 몇 알을 입에 넣었다. 어릴 적 기억처럼 달았다. 언니는 모두들 즐기라고 심어놓은 앵두나무인데 왜 따왔냐고, 먹고 싶으면 시장에서 사다먹으라고 핀잔했다. 사먹는 거랑 따먹는 거랑 그 맛이 같은 줄 아느냐며 형부가 웃었다.

창문을 열고 놀이터를 내려다보았다. 남자 두 명이 살구를 따먹고 있었다. 군침이 돌았다. 나는 살구 따러 가자고 형부를 졸랐다.

형부가 잡아준 나뭇가지에서 잘 익은 살구를 따먹었다. 살구가 싱싱하고 맛이 좋았다. 달려 있는 살구를 따먹는 일은 목숨이 다 돼 떨어진 살구를 줍는 것보다 훨씬 살맛났다.

모성母性

늦은 밤, 외출에서 돌아와 샤워하려고 욕실로 들어갔다. 파리 한 마리가 벌처럼 붕붕거리며 날아다녔다. 파리가 따라나오지 못하게 문을 슬그머니 열고 나가 파리채를 찾았다. 거실에 놓아둔 파리채가 보이지 않았다. 마음이 급했던 건지 코앞에 두고 엉뚱한 곳을 한참이나 뒤졌다. 파리채를 들고 욕실로 다시 들어갔다.

파리는 욕실을 한 바퀴 휘돌더니 천장 구석진 곳에 붙어 꿈쩍하지 않았다.

과한 힘은 때로 일을 망친다. 나는 파리채를 움켜쥔 손에 힘을 조금 뺐다. 죽이지 않고 기절시킬 것이었다. 파리채 손잡이를 바로잡고 손목 스냅을 이용해 천장을 향해 냅다 올려쳤다. 파리는 욕실 바닥에 보기 좋게 나자빠졌다.

나는 부르르 떨고 있는 파리의 날개 한쪽을 손톱 끝으로 잡아 변기 안에 집어넣었다. 그리고 그 안을 들여다보았다. 점점이 무언가가 바닥으로 떨어지는 중이었다. 애벌레였다.

한날 미물인 파리. 파리는 목숨을 놓으면서도 새끼를 살리려 몸을 떠는 중이었다. 애써 고개를 돌렸다. 그리고 물 내림 단추를 힘껏 눌렀다.

생명

바닥에 납작 엎드려 세력을 확장하고 있는 잡초를 손아귀로 휘어잡았다. 힘을 가하자 풀은 단번에 뽑혀 나왔다. 뿌리를 따라올라온 흙더미, 수많은 벌레가 우르르 떨어지며 꿈틀댔다. 잠자던 벌레를 깨운 것이다. 순간 당황했지만 넘쳐나는 비닐하우스 안의 풀을 그냥 두고볼 수는 없었다.

땅에 떨어진 벌레들은 동분서주했다. 쥐며느리를 닮은 벌레들. 나는 어릴 적 놀던 기억이 떠올랐다. 그것들의 움직임을 지켜보다가 그 중 한 마리를 집게손가락으로 툭, 건드려보았다. 벌레는 순식간에 몸을 동그랗게 말았다. 풀 뽑기를 잊고 한동안 벌레들과 놀았다.

놀이는 금방 시들해졌다. 풀을 뽑아내며 앞으로 얼마쯤 나아갔을 때, 새소리가 들려왔다. 뒤를 돌아보니 풀 뽑힌 자리를 참새들이 점령했다.

아뿔싸! 새들의 '잔치'가 벌어진 것이었다. 영화 〈버드〉의 한 장면이 떠올랐다. 소름이 돋았다.

고랑에 모인 참새 떼를 쫓으려 몸을 일으켰다가 나는 도로 주저앉고 말았다. 새들을 쫓을 수는 없었다. 그저 쪼그리고 앉아 풀뽑기에 다시 집중했다. 입속으론 '미안하다, 미안하다'를 되뇌면서 손은 거칠게 풀포기를 거머쥐었다.

수첩

11월이 되면 새 수첩을 산다. 1년 동안 동고동락할 수첩이다. 각양각색의 다이어리들과 함께 진열돼 있는 문구점에서 내가 찾는 수첩은 늘 정해져 있다. 몇 년째 같은 수첩이다. 가로 10, 세로 23센티. 그동안 다양한 수첩을 써왔지만 그 중 가장 애착이 가는 것이다. 이번 색상은 짙은 하늘색이다. 단순한 디자인, 넓은 메모 공간, 달력은 기본이다.

한가한 시간을 기다려 새 수첩에 중요한 정보를 옮겨 적는다. 글씨는 천천히, 되도록 정갈하게 쓴다. 새로운 마음으로 새 출발을 하는 것이니 조심스럽다. 책을 부칠 때나 편지 보낼 때 필요한 주소와 전화번호 등은 뒤쪽에 따로 적어둔다. 새로운 달로 넘어갈 때면 단번에 찾게끔 그 달에 스티커를 붙인다. 그리고 새해에 첫 달력이 낯가림하지 않도록 올해 12월 일정을 그대로 옮겨 적어놓는다. 정리하고 나니 새해가 머지않았다.

아직 한 달여 남아 있는 올해 수첩을 만진다. 손때가 묻은 수첩은 본래 두께보다 두꺼워졌다. 곳곳에 포스트잇이 덧붙었기 때문이다. 기억력이 좋지 못한 나는 하루의 절반을 기록에 의존한다. 기록된 대로 움직이고 잊지 않기 위해 기록한다. 어떤 땐 뭐라도 쓰지 않으면 가만히 있는 시간이 불안해서 적는다. 강의를 들을 때 손은 연신 무언가를 받아쓴다. 통화 중에도 습관처럼 수첩을 꺼내든다. 책을 읽다가 좋은 문장이 나오면 수첩에 옮겨놓는다. 내 수첩은 밥벌이 용이기도 하고 잊히기 쉬운 내 의식과 무의식이 모여 있는 공간이기도 하다.

왼손으로 수첩 등허리를 잡고 오른손 엄지에 힘을 주어 차르르, 종이를 쓸어 넘긴다. 일 년의 기록들이 불규칙적으로 넘어간다. 어떤 장은 빼곡하게 그날의 감정들을 연필로 옮겨놓았다. 꽃 주문을 받아 여러 번 확인한 쪽도 있다. 때로는 공간 장식에 필요한 설계도를 그렸고 어떤 때는 제작용 물품들이 나열돼 있기도 하다. 쓰다가 만 문장이 꺾인 나뭇가지처럼 널브러져 있기도 하고 아무 생각 없이 겹쳐 그려놓은 여러 개의 동그라미가 그날의 불안을 대신하기도 했다. 빈 종이 사이에 끼여 있는 얼룩이 특이한 나뭇잎은 쓸쓸한 날 일산호수공원을 산책하다 만난 단풍잎이다. 다음 장에는 내가 좋아하는 이름들이 주욱 나열되었다. 그 이름들 밑으로 '나는 이들로 인해 살아왔고 이들에게 부끄럽지 않은 삶을 살 것이다'라는 문장이 굵은 글씨로 쓰여 있다. 나의 선생님과 친구들, 대가없이 응원하는 가족, 내 글이 좋다고 가끔 편지를 보내오는 분, 담쟁이넝쿨처럼 잡은 손 놓지 않고 끝까지 갈 문우들이 떠오른 날이었나 보다. 그 이름들 아래 몇 번이고 밑줄이 그어져 있다. 그날의 내 기분이 어땠었는지 궁금해진다. 하나같이 소중한 이름들이 그 한 면에 적혀 있을 줄이야. 아무래도 그날 나는 어떤 큰 결심을 했었는지도 모르겠다.

다 쓴 수첩 겉장을 손바닥으로 쓰다듬는다. 일 년 동안 고생한 나의 손을 보는 것만 같다. 만족스럽지는 않지만 헛되게 살지는 않았다. 남들처럼 표시 나게 이룬 것은 없어도 하루하루 긴장을 놓지 않고 살아왔다. 거래처와의 약속을 지켰고 간간이 친구들과도 만났다. 원고 마감일을 넘기지 않으려 몇 번이나 마감일에 연필자국을 찍기도 했다. 새로 배운 용어들을 옮기면서 잃어버리지 않으려 그 뜻과 사용처를 나열하고 뒤늦은 공부를 위해 읽어야 할 책을 메모해두기도 했다. 부모님의 기일과 사랑하는 가족의 생일, 새로 태어난 조카 손주를 처음 만나러 간 날 등, 빼곡하게 적힌 칸칸마다 내 숨소리가 담겨 있다. 긴 한숨소리만 채워진 날도 있다. 수첩을 보면서 이번 1년도 기적처럼 살았다는 생각을 해보았다.

2020년 새해 수첩을 연다. 맨 앞에 미리 적어놓은 2019년 12월 달력이 군데군데 일정이 표시된 채로 보너스로 붙어 있다. 묵은 것이 뚝 떨어져나가고 새 것이 생뚱맞게 자리하는 것이 아닌, 어제와 오늘이 연결돼 있는 수첩. 있던 것이 사라져 슬퍼할 일도 아니고 새로운 것이 왔다고 수선떨 일도 아니다. 날짜는 그저 표시이니 그 표시 따라 살아가면 된다. 꿋꿋하게 내 할 일 하면서 뒤도 돌아보고 앞도 살펴보고 두리번거리기도 하면서 가야 하지 않을까. 수첩은 나에게 그렇게 하라고 말해주는 것만 같다.

매스컴에서는 새해에 더 살기 힘들어질 것이라고 한다. 그래서 허리띠를 졸라매야 한다고도 한다. 하지만 달라지는 것은 없다. 나는 내가 걸어왔던 대로 살 것이다. 소소한 계획을 세우고, 시끄러워도 그러려니 하고, 조금 불편해도 견뎌나가 볼 참이다. 아등바등하지 않을 것이다. 세상 향해 대거리를 해봤지만 소용없다는 것을 이미 알아버렸다. 이제는 헛힘 빼지 않고 묵묵히 걸어갈 일이다. 바람이 밀어주는 대로, 언덕을 만나면 만나는 대로, 묵묵히 뛰었던 어느 가을날의 힘겹던 마라톤처럼.

달팽이를 떠나보내고

녀석이 갔다. 시름시름 앓나 했는데, 손 쓸 겨를도 없이 죽어버렸다. 달팽이를 동물병원에 데려갈 생각은 하지 못했다. 나는 녀석이 생을 다 했다는 것을 직감적으로 알 수 있었다. 우리가 만난 것이 6월 초순께였으니 함께한 시간이 여섯 달쯤 되었다.

큰언니가 미용실에서 얻어온 상추에 십 원짜리 동전 크기만한 달팽이가 따라왔다. 키워보고 싶었다.

3년 전 의정부에 살 때도 그만한 달팽이를 키운 적이 있었다. 다른 애완동물과 달리 손이 덜 가고 귀찮게 하지 않아 키울 만했다. 그런데 한 달쯤 지나자 걱정이 되었다. 날은 며칠째 푹푹 쪘다. 출근 후 아무도 없는 집에서 더위에 죽으면 어쩌나 불안했다. 비 그친 어느 오후, 길가 호박잎 위에 달팽이를 놓아주었다. 그간 정이 들었던가 보다. 잘 사는지 궁금하여 그 근처를 오갈 때면 호박잎을 들춰보곤 했다. 그 자리 그대로 있을 리 만무한데도 왠지 나를 기다릴지도 모른다는 생각에서였다. 하지만 하루하루 호박은 커가는데 달팽이는 한번도 보이지 않았다.

이번에는 오랫동안 키워보고 싶었다. 이름을 '풀잎'이라 지었다. 외출할 때 말고는 풀잎과 함께했다. 먼저 녀석을 보내고 아쉬움에 녀석들에 대해 공부를 한 덕도 있지만 관심이 있으니 신통하게도 마음이 절로 갔다. 나는 달팽이전문가가 되었다.

널찍한 플라스틱 사각통을 구해 거기에 상추를 네댓 장 깔고 풀잎을 내려놓았다. 블루베리를 담아 팔던 용기로 사방에 구멍이 뚫려 있어 뚜껑을 열지 않아도 어디서든 녀석의 움직임을 확인할 수 있었다. 뚫린 구멍으로 가끔 얼굴을 내밀기도 했다. 접힌 이파리 속에서 잠 잘 때 말고는 거의 내 시야 안에 있었다.

뚜껑을 열어 풀잎에게 자유를 주기도 했다. 호기심이 많은 풀잎은 플라스틱 통을 벗어나 긴 테이블 위를 기어다니길 좋아했다. 그는 끊임없이 두리번거렸다. 무언가 찾아야 할 것이 있는 것처럼. 잠을 놓친 가을 밤, 풀잎은 기꺼이 나와 함께 밤을 지새우기도 했다. 그러면서도 등에 짊어진 자기 집을 키우는 일에 소홀하지 않았다. 한번 탈각에 1센티미터쯤 커졌다. 녀석은 두 번 그렇게 집을 키웠다. 집이 커진 만큼 몸통도 단단해보였다. 움직임에도 힘이 실렸다. 그의 집이 500원짜리 동전만해졌을 때 나는 사진을 찍어주며 환호했다.

한동안 나는 눈코 뜰 새 없이 바빴다. 중요한 일이었고 집중해야만 했다. 그 일 외 다른 것에 신경쓸 겨를이 없었다. 식사와 잠까지 거르곤 했다. 그런 중에도 습관처럼 플라스틱 통을 청소했고 신선한 채소를 넣어주었다. 그뿐, 풀잎을 살피거나 함께 놀아

줄 여유는 없었다. 그 즈음 풀잎에게 변화가 있었다는 것을 늦게 서야 알았다.

뚜껑을 열었을 때 풀잎은 넓은 상추 잎 위에 있었다. 인기척을 느끼면 얼굴을 내밀곤 했는데 꼼짝도 하지 않았다. 게으름피우며 잠을 자나 했다. 나는 풀잎의 등껍질을 살살 문질렀다. 가끔 그러면 녀석이 얼굴을 내밀었기 때문이다. 꼼짝하지 않았다. 이번에는 손가락으로 녀석의 몸통을 밀어보았다. 맥없이 상추 잎 밑으로 또르르 떨어졌다. 나는 풀잎을 집어올렸다. 녀석은 평소와 다른 모습으로 메말라 있었다.

숨탄것들은 언젠가는 숨이 다하게 마련이다. 어릴 적 마당에서 키웠던 강아지 '해피'도 그랬고 친구 미선이의 강아지 '장금'이도 그랬다. 다시는 애완동물을 키우지 않기로 마음먹고도 다시 들이고 마는 이유는 그들이 주는 마음의 안정 때문이었다. 사람에게서 충족받지 못하는 그것. 나는 그들로부터 내 마음이 따뜻해지는 방법을 찾으려했던 것이었다.

통 안에서 풀잎을 꺼내들었다. 주방에서 가져온 종이타월을 접어 거기 풀잎을 눕혔다. 염습사가 죽은 자에게 했던 것처럼, 나는 한 번 두 번, 종이를 접었고 풀끈으로 풀잎이 든 종이뭉치를 묶었다. 최대한 엄숙하게 예를 갖춰 풀잎을 배웅하는 중이었다. 종이뭉치를 작은 종이가방에 담은 다음 모종삽을 찾아 들고 밖으로 나갔다. 화단 안 양지바른 곳에 묻어줄 요량이었다. 아파트 현관 앞 오래된 느티나무 밑이 좋아보였다. 그곳은 햇빛이 잘 들고 오가는 사람들 발자국 소리를 들을 수 있는 곳이었다. 무엇보다도 내가 즐겨 가는 곳이다.

소식을 들은 걸까, 나무 주변으로 새들이 모여들었다. 멀리는 까마귀가, 가까이는 까치가, 참새와 또 이름 모를 새들까지. 들고양이도 몇 마리 어슬렁거렸다. 흙을 파던 나는 잠시 주춤했다. 그대로 쭈그리고 앉아 풀잎을 감싼 종이뭉치를 꺼냈다. 그리고 그를 묶었던 풀끈을 천천히 풀었다. 한 번 두 번, 세 번 네 번. 풀잎을 싼 종이가 펼쳐졌다. 풀잎은 둥근 집 안에 야윈 몸을 밀어넣은 채였다. 나는 느티나무 아래 쌓여 있는 낙엽을 한 손으로 쓸어냈다. 흙이 보일 때쯤, 풀잎을 내려놓고 낙엽 한두 잎을 덮어주었다. 풍장風葬이었다.

이래도 저래도 벌레가 먹기는 매한가지. 여섯 달여 갇혀 지낸 풀잎에게 이렇게라도 자유를 주고 싶었다. 그들이 살아가는 대로 놔두는 것이 최상이라는 것을 알면서도 내 것으로 만들겠다는 욕심을 부렸다. 때때로 나에게 위안을 준다는 이유만으로 달팽이의 삶을 송두리째 흔들어버린 것이었다. 더 강한 포식자로부터 생명을 구해줬다는 생각은 그 어떤 이유로도 핑계요 비겁한 변명이었다. 혼자 있다 죽을까 염려되어 놓아준 것도 내 맘 편하자는 이기심에서요, 전문가가 된 양 폼 나게 기르다 나 살기에 바빠 죽은 줄도 모르고 내버려둔 것도 나의 잘못이었다.

풀잎에게도 영혼이 있을까. 이제라도 그가 가고 싶었던 곳으로 가기를 바란다. 다음 생이 있다면 그때는 누구에 의해서가 아니라 오롯이 자기 의지대로 살아갔으면 한다.

바람이 불어오면 좋겠다.

아라비카

7년 전 어느 날이었다. 관여 선생님과 나는 소풍을 가듯 아라비카로 향했다. 달리는 차창 밖으로 햇살이 따가웠다. 점심을 먹은 후였고 시간은 세 시가 조금 지나서였다.

'아라비카'는 관여觀如 선생님이 즐겨 찾는 카페이다. 경기도 광주시 남한산성에 위치한 카페로, 문정동 선생님 댁에서 성남쪽으로 가다가 남한산성을 향해 구불구불한 길을 올라 만해문학기념관을 빗겨 광주쪽으로 내려가는 길을 택한다. 그곳으로 가는 길은 언제나 한산하다. 숲속으로 난 좁은 도로는 천계天界로 우리를 안내한다. 싱그런 녹음 속에 고풍스러운 빨간 벽돌집 '아라비카'는 오늘도 언제나처럼 야외 테이블까지 사람들로 가득하다. 건물 안에서 흘러나오는 잔잔한 선율과 차를 마시는 사람들의 두런거림이 어우러지는 곳. 그곳에서는 새들의 재잘거림도 음악이 된다.

테이블 주변을 둘러싼 삼나무와 은행나무, 바위를 비껴지나가는 물소리. 자연 속에 우리가 앉아 있는 것인지, 자연이 우리에게로 와닿은 것인지 구분하는 것은 무의미하다. 애초에 그러기라도 한 듯 거기 있는 모든 것들이 하나의 그림이 된다. 아라비카에는 커피 말고도 다른 음료와 먹을거리가 있지만 우리는 주로 커피를 주문해 마신다. 이번에도 짙은 향의 따뜻한 블루마운틴 두 잔이 우리 앞에 놓였다. 선생님도 나도 찻잔을 양손으로 감싸쥐며 주변을 둘러본다. 며칠 동안 연이어 내린 비로 숲은 말끔히 몸을 씻었고 맑은 수박색 옷을 걸쳤다. 가지를 뻗어 어깨동무를 한 숲의 나무들은 모양은 달라도 하나의 몸에서 나온 가지들 같다. 카페 출입구를 지나 마주 보이는 나무 계단을 올라 오른쪽으로 놓인 테이블이 우리들의 지정석이다.

관여 선생님은 언제나 서쪽을 오른쪽에 두고 앉는다. 나는 그분의 왼쪽에 나란히 앉아 서쪽 전체를 바라본다. 카페 지붕을 뒤덮은 푸르른 나무들 사이로 가늘게 하루의 햇살이 반짝인다. 나뭇잎의 팔랑거림에 한번이라도 더 빛을 뿌려주고자 고개를 내미는 햇살을 우리는 말없이 바라본다. 받침에 부딪치는 찻잔의 달그락거리는 소리조차 경쾌해지는 시간, 건물 뒤로 물러나는 해를 바라보며 밀려오는 다음 시간을 또 기다린다.

사람들의 가벼운 말 섞임이 밑에 깔린다. 그 속에 우리도 있다. 우리는 정물화처럼 앉아 이리저리 바람의 숨결에 몸을 맡긴다. 가끔씩 말도 끊긴다. 그러다보면 모든 시간이 정지한 채로 그 안의 생명은 영원의 것이 되기도 한다. 어깨 위로 내려앉는 짙푸른 향기. 몸 안으로 스미어드는 그것을 꼼짝하지 않고 흠뻑 빨아들인다. 꽁지머리를 한 직원이 다른 테이블을 정리하는 동안에도 음악은 흐르고 사람들은 오가고 바람은 살랑거린다. 수박색 숲은 우리들의 어깨를 감싼다. 여름하늘은 좀 더 느리게, 느리게 고운 빛을 끌고 간다. 음악소리는 저 혼자 깊고 사람들이 하나둘씩 떠나가도 하늘은 여전히 고요한 빛깔로 우리를 내려다본다.

카페 주변으로 띄엄띄엄 하나둘씩 전등이 켜지고서야 고즈넉한 저녁풍경이 드러난다. 소란스런 나뭇잎들도 잔잔해진다. 그때 관여 선생님은 톨스토이의 인생을 이야기한다. 10여 년 찾아다녔던 예술가들의 무덤을 추억하고 그곳에서의 느낌은 무척이나 경건했노라 전해준다. 나는 하나하나 받아적는 기분으로 듣는다. 선생님의 말씀으로 전해진 그들의 이야기는 비밀스럽게도 나의 온몸으로 스며든다.

여름이 되면 유독 알베르 카뮈가 생각난다고 내가 더듬더듬 입을 뗐을 때 선생님은 귀를 활짝 열어주셨다. 언젠가 선생님께 선물로 받은 『시시포스의 신화』를 읽으며 나도 카뮈가 좋아졌다. 『이방인』과 『페스트』 『결혼·여름』도 덕분에 다시 읽을 수 있었다. 학창시절 읽었던 기억은 어디 가고 전혀 새로운 세계를 만나고 있었다. '행복과 부조리不條理는 같은 땅의 두 아들이다. 이들은 서로 떨어질 수 없다'고 말한 그를 떠올리며 '삶의 절망이 없이는 삶에의 희망도 없다'고 했던, 어느 여름날 지중해에서의 카뮈에게 빙의된 적도 있었다. 선생님은 카뮈의 인생과 그의 문학 전부를 훑어주셨다. 그의 부조리가 어머니에게서부터 시작되었음을 말해준 것도 물론이었다. 기회가 된다면 카뮈를 꼭 한번 연구해 보고 싶다며 찻잔 손잡이를 만지셨다. 선생님과 나와 카뮈가 함께한 테이블, 우리는 아라비카 노천 카페에서 오랫동안 '삶과 죽음'에 대하여 이야기를 익히는 중이었다.

여름 날씨여도 산속의 늦은 공기는 차다. 무릎담요를 덮고 선생님과 나는 몇 시간째 거기 앉아 서쪽으로 가라앉는 여름 빛깔을 바라보았다. 나의 여름 한날이 저물어가는 중이었다. 가끔은 모든 것 잊고 시간도 풀어놓은 채 오늘처럼 한가로이 자연과 함께 할 날도 필요하다고 생각했다.

나의 여름 일기장이 한 면 가득 채워졌다. 하루에 있었던 이야기라고는 믿기지 않을 정도로 오늘 우리는 여러 차례 시공을 넘나들었다. 덕분에 카뮈는 그 시간을 온통 우리와 함께 했다. 선생님과의 시간은 언제나 그랬다. 문학으로 젖어드는 시간이었다. 여름날 불어오는 바람소리처럼 물소리처럼 그렇게 잔잔하고, 아늑하게, 옛날 이야기가 지금의 이야기처럼 살아 숨 쉬는 그런 시간이었다.

만추의 어느 날 우리는 이곳에 다시 오기로 약속했다. 조심스럽게 계단을 내딛는 선생님의 발걸음이 이미 깊은 가을이었다.

특별한 선물

작은 거치대 하나를 선물로 받았다. 가로 8cm, 세로 15cm의 그것에 겸손할 '謙' 자가 새겨져 있다. 친구가 직접 조각도로 판 것이었다. 휴대폰 거치대라 했지만 그 용도로 쓰기에는 아무래도 특별해보였다.

책상 위, 거치대를 노트북 왼쪽에 두고 바라보는 중이다. 뒤쪽에 다리를 달아놓아 45도 각도를 유지한다. 정교한 해서체로 매우 품위가 있어 보인다. '謙' 자 밑 선반 위에 휴대폰을 올려놓는다. 휴대폰을 가로나 세로로 놓아도 안정돼 보인다. 다만 '謙' 자가 가려지니 아쉽다. 마치 잘 빠진 지게 위에 아무거나 올려놓은 것처럼 거치대가 아까워보였다. 그런 걸 빼고 보면 작업할 때 검색용으로 그만이다. 제 역할을 톡톡히 한다. 선물을 받고 이걸 어디에 써야 할지 난감했던 것과 달리 이제야 내 입꼬리가 볼 쪽으로 마냥 올라간다.

친구가 선물을 건넬 때 '이걸 어디에 쓰라고?' 하며 어이없어 하는 내 표정을 들켜버렸다. 그러나 친구는 “兼은 벼를 손으로 움켜잡는다는 뜻인데, 의미부인 말씀 언言을 움켜잡고 있으니 말을 하기 전에 한번 더 생각을 해보라는 뜻을 품고 있다”며 빙긋이 웃었다. 남을 존중하여 서로의 마음을 나란히[兼]하고 말[言]을 함에 있어 ‘겸손하라’는 뜻이 담겨 있다는 것이다. 내 표정을 들켜버려 민망했고 친구의 마음을 읽지 못해 미안하기도 했다.

그러고 보니 이 선물은 보통 소중한 물건이 아니다. 謙, 나를 다듬으라는 뜻 아닌가. 친구는 별 거 아니니 부담 없이 받으라 했지만 책상에 세워놓은 ‘謙’ 자를 볼 때마다 내 마음은 경건해진다. 그것이 나에게 ‘겸손해라, 겸손해라’ 말해주는 것만 같다.

겸손은 하루아침에 생겨나는 것이 아니다. 부모로부터 물려받은 품성에 유년시절의 가르침, 학교교육, 그리고 자기 스스로 끊임없이 마음과 정신을 가다듬은 다음에야 나타나는 몸과 마음의 움직임이다. 그렇다면 친구는 나의 겸손치 못한 구석을 보았기에 이런 선물을 한 것이 아닐까. 궁금하지만 어떤 점이 그러하냐고 묻지 못한다. 내 기억에조차 없는 예전 실수가 튀어나올까 겁이 나서다.

나를 뒤돌아본다. 말과 행동이 넘쳤던 적은 없었는지, 남을 배려하지 못하고 내 주장만 고집한 것은 아닌지, 윗사람에게 버릇없게 굴지는 않았는지 자꾸 기억을 더듬게 된다.

몇 달 전, 여럿이 모인 자리에서 내 기분에 취해 말실수를 한 적이 있다. 아무도 내게 핀잔을 주거나 그만하라고 사인을 보내지 않았지만, 그 ‘실수’는 입 밖으로 말이 나오기 무섭게 내 뒤통수를 쳤다. 얼굴이 화끈거리고 등에 땀이 흘렀다. 곧 상대방에게 미안하다고 사과했으나, 그는 무슨 말이냐는 듯 나를 쳐다봤다. 미안해 할 일을 하지 않았다는 것이다. 남은 몰라도 나 자신까지 속일 수는 없다. 생각이 깊어질수록 머리가 어지러웠다. 그동안 나는 완벽한 성격도 아니면서 완벽하기를 바랐다. 오랫동안 명심하고 지켜온 그것이 실수 한번으로 일순간에 무너졌다. "남에게 손가락질받지 않도록 매사에 조심하라"고 하셨던 부모님의 가르침에 금이 간 듯해 부끄러웠다. "정신줄 똑바로 잡고 있지 않으면 실수는 순간"이라고 하신 말씀도 귓가를 맴돈다. 겸손은 나를 다듬고 아끼는 일까지 포함되었다는 점을 잠시 잊고 있었다. 가만히 고개를 숙인다.

요즘 정신줄 내려놓고 지낸 지가 오래되었다. 사양을 못하고 능력자인 양 여러 가지 일을 도맡아 하다보니 나도 모르게 몸이 지쳐갔다. 식욕이 떨어지고 잠이 부족하고 의욕이 바닥나, 밖에 나가기조차 싫어졌다. 악순환은 계속되었고 몸무게는 삽시간에 7kg이 줄었다. 성질은 점점 예민한 쪽으로 기울었다.

지금도 내 몸은 좋아지지 않았다. 그렇다고 걱정이 되는 것은 아니다. 나를 방치하려는 의도 또한 없다. 그저 흘러가게 내버려두는 것이다. 전보다 달라진 것도 없지만 달라지려 노력하지도 않는다. 여전히 식욕은 바닥이고 귀찮은 일들이 늘어나고 신경은 더욱 날카로워졌지만 이 상황을 벗어나려고 애쓰고 싶지는 않다. 지금껏 그래왔듯 그냥 내버려둘 것이다. 무력감이 바닥을 치고 난 후에야 우울했던 내 기분은 상승기류를 탈 것이기 때문이다.

자리에 누워 책상 위에 있는 거치대를 올려다본다. 차라리 그것은 아무것도 올려져있지 않은 그대로가 좋다. 친구는 내 마음을 씻는 일에 정진하길 바라면서 이런 선물을 준비했을 것이다.

우리는 10년 넘게 우정을 이어가는 중이다. 여직 그만큼 나를 순수하게 위하는 친구는 없었다. 까다로운 내 성격이 우리 우정에 문제되지도 않았다. 오히려 그는 나에게 용기를 주는 친구이다. 그의 뜻을 헤아려보니 그다운 선물이라는 생각이 들었다. 좀 늦었지만 사전을 펼쳐 '謙' 자를 찾아보았다. 이 글자는 말을 많이 하지 말고 침묵을 미덕으로 삼으라는 뜻이 담겨 있었다. 예부터 동양에서는 모든 불행은 말[言]로부터 나오기에 되도록 말을 삼가는 것이 최고의 미덕이라 여겼다.

아무렴, 친구가 생각 없이 선물했을 리 없다. 이제 '謙' 자가 새겨진 거치대는 나에게 특별한 선물이 되었다. 친구와 나의 우정만큼 오래오래 그 자리에서 나를 잡아주길 바란다.

제왕의자

나는 한때 제왕이었다.

그는 카트에 실린 나를 재활용쓰레기장에 내려놓았다. 야트막한 언덕을 내려가던 그가 자꾸만 걸음을 멈추며 나를 올려다보았다. 멀쩡한 나를 내다버렸다는 죄책감보다는 나와 함께한 10여 년의 세월을 선뜻 떼어낼 수 없어 그런 것 같았다.

나는 그의 의자였다. 내가 제왕이 된 것은 그가 나를 선택하고부터였다. 그의 아내와 자식들도 유독 나를 챙겼다. 나는 정말로 왕이 된 기분이었다. 삼시세끼 집밥을 먹는 그가 식사를 마치고 일어나면 누군가가 반드시 나를 물티슈로 닦아줬다. 알고 보니 그것은 그가 먹던 음식 대부분이 내게 떨어졌기 때문이었다.

그는 혼자서 밥 먹는 날이 많았다. 아내는 뒤늦은 공부를 한다고 집을 자주 나갔다. 수업이 없을 때도 정보를 얻기 위해 친구들을 만나러 갔고, 서울서 가까운 곳에서 농사짓는 동생 일을 돕기도 했다. 집 근처에 사는 손녀를 돌보러 가기도, 젊어서부터 속을 썩이던 귀를 치료하기 위해 둘째아들을 찾아가기도 했다.

그는 혼잣말을 자주 했다. 참 이상한 할아버지구나, 하다가 말 상대가 없으니 그렇기도 하겠다 싶어 이해가 되었다. 살아 있는 것이든 아니든 모든 대상이 그의 대화 상대였다. 그가 나에게 말을 걸 때면 다른 의자들은 킬킬대며 그를 바보라고 비웃었다. 나는 그의 말을 흘리지 않고 전부 들었다. 그가 나를 제왕이라 부른 이후로 친구가 되어줘야지 다짐했다.

그의 혼잣말 덕분에 그가 살아온 내력을 알게 되었다. 일찍 아버지를 여의고 홀어머니와 어린 동생들을 건사하며 유년기를 보냈다는 것과 막냇동생이 유복자라는 놀라운 사실도 알게 되었다. 어떤 땐 말을 하다가 눈물을 흘리기도 했다. 그럴 때면 나는 그의 등을 다독여줬다. 초등학교에 진학할 때가 지났는데도 취학통지서가 날아오지 않았다. 어머니께 여쭤보니 아직 출생신고가 돼 있지 않다고 했다. 열 살이 된 그는 면사무소로 달려가 본인과 두 동생의 출생신고 서류를 접수했다. 어머니는 두 동생을 대할 때와 달리 유독 그에게 엄하셨다. 장성하여 결혼했을 때도 어머니의 냉랭함은 그를 서운하게 할 정도였다. 그의 아내에게까지 그랬다. 당신의 한을 큰아들인 자신에게 푸나 싶어 말대꾸 한번 해보지 못했다.

그는 일소를 키웠다. 암소는 해마다 새끼를 낳았고 일도 곧잘 했다. 그가 아이들 교육을 위해 서울로 상경했을 때 그의 아내는 혼자서 농사를 짓고 소를 키웠다. 몇 달 후 아내가 시골 일을 정리하면서 소를 급히 팔아야 했다. 그 말을 할 때 그의 등이 또 한

번 크게 떨렸다. 소가 팔려가던 어느 날을 기억하면서 우는 듯했다. 마구간에서 끌려나온 소는 대문을 나서면서 눈물을 흘렸다. 몇 번이나 집안을 둘러보았고 대문 밖을 나서서는 몇 걸음 걷다 돌아보기를 반복하며 논길 밭길을 걸어 떠났다. 조금 전 언덕을 내려가며 자꾸만 나를 돌아보던 주인의 모습이 그때 그 소의 모습을 닮은 것 같았다.

다음날 내 곁 1미터쯤 떨어진 곳에 싱글 매트리스가 세워졌다. 형태는 비교적 양호했으나 가운데 부분에 용수철이 튀어나왔다. 그도 역할을 다한 모양이었다. 자세히 보니 여러 군데 얼룩도 졌다. 그런데도 매트리스는 성격이 좋아보였다. 내가 서 있는 뒤쪽 넓은 노란 판자와 나를 번갈아보면서 배경이 아주 좋다고 했다. 돌아보니 정말 그럴 듯했다. 노란 판자는 오래된 느티나무에 묵묵히 기대 서 있었다. 지나가던 중년 여성이 스마트폰을 꺼내 노란 판자를 배경으로 서 있는 나를 찍었다. 그녀가 뭐라고 말하는 것 같았지만 말소리가 하도 작아 제대로 알아듣지 못했다. 그녀가 몇 컷을 더 찍고 멀어졌을 때, '우와, 정말 끝내준다'고 중얼거렸다며 매트리스가 전해주었다.

어디서 왔는지 검정고양이 한 마리가 경계를 풀고 우리 주변을 맴돌았다. 킁킁거리며 냄새를 맡는가 싶더니 매트리스 모서리에 몸을 비벼댔다. 곧 내게로 다가와, 나의 네 다리 사이를 요리조리 지나가며 툭툭 제 몸을 부딪쳤다. 저만치 아이 엄마들이 아이들 가방을 대신 메고 걸어왔다. 고양이는 늘 만나온 사람들인 양 느긋하게 그들 곁을 지나 회양목 울타리가 쳐진 화단 안으로 사라졌다.

시간이 지날수록 이런저런 물건들이 내 주변에 쌓여갔다. 더 이상 노란 판자는 나만의 배경이 될 수 없었다. 머리에 고래인형을 얹은 수족관이 두 남자에 이끌려 왔다. 겉은 멀쩡해 보이는데 그에게 무슨 사연이 있는지 궁금했다. 그때, 유모차를 끌고 다니던 할머니가 고래인형을 잡아당겼다. 이리저리 살피더니 '같이 가자'며 유모차에 실어 데려갔다.

밤이 저만치 건너오고 있었다. 나는 벌써 주인이 그리웠다. 날이 밝으면 우리들은 어딘가로 실려갈 것이다. 떠나기 전에 그가 한번쯤 찾아와줄 줄 알았다. 주인 얼굴이 보고 싶었다. 나를 내보낼 때 그는 아내와 한참 실랑이를 벌였다. 아내는 주방이 비좁다며 의자 하나를 버리자고 했다. 그는 두 번의 뇌수술을 했고 한쪽 눈도 시력을 잃으면서 잘 버텨주던 다리마저 불편해 어디서나 지팡이를 짚는다. 의자 하나를 빼는 이유는 걷다가 걸려 넘어질까 불안해서였다. 가끔 그의 지팡이와 부딪혀 내 등짝 가장자리가 벗겨졌다. 보기 흉하니 나를 버리자는 아내의 의견에 그가 한사코 반대했다. 그래서 다른 의자가 처분될 줄 알았다. 그러나 결국 아내가 이겼다. 내 자리를 차지한 의자는 새 것 같았다.

날이 밝아오자 우리를 싣고 갈 트럭이 도착했다. 내 앞에 쌓인 물건부터 짐칸에 실렸다. 얼마 후 등 뒤에 있던 노란 판자가 올라가고 마지막으로 내가 끄트머리에 자리를 잡았다. 트럭은 내리막길을 지나 좌회전한 후 우회전하며 아파트 정문을 빠져나갔다. 아파트를 벗어날 때쯤 4층 베란다에 지팡이를 짚고 서 있는 그의 슬픈 눈을 보았다. 사랑이 많아 하찮은 물건조차 함부로 대하지 않는 사람, 그는 우리 같은 것들에게 고마운 사람이다. 나이도 들고 몸도 성치 않아 힘을 잃었지만 아마도 젊었을 때 그의 눈빛은 세상을 호령할 듯 맑고 강렬했을 것이다. 한때 제왕이었던 그와 나, 다음 생에선 어떤 인연으로 다시 만나게 될까? 그때까지 안녕.

감기

감기는 잠깐 방심한 틈을 타 기습적으로 들이닥쳤다. 약을 챙겨먹을 겨를 따윈 주지 않았다. 자석에 끌리듯 이불 속으로 몸이 빨려들어갔고 그대로 앓아누웠다.

유행성 독감이 무서워 연말 모임을 자제했지만 어쩔 수 없이 참석해야 했던 행사였다. 그날은 며칠 기승을 부리던 한파가 주춤했다. 멋을 내느라 옷을 얇게 입었다. 옷에 맞춤해 신은 구두가 높아서 불편했다. 게다가 행사 뒤풀이자리에서 늦도록 자리를 지켰다. 그런 여러 가지가 원인이었던지 그날부터 목이 따끔거리고 온몸이 쑤셔왔다. 나름 감기를 피하는 방법으로 써왔던, 목에 스카프를 두르는 일도 이번에는 먹히지 않았다.

일주일 넘게 바깥출입을 하지 못했다. 사나흘은 밤낮없이 죽도록 앓았다. 약에 취해 잠을 자고 또 자도 여전히 잠이 모자란 사람 같았다. 병원에 다녀오면 가뿐하게 나을 것이란 생각은 우습게 빗나갔다. 머리가 깨질 듯 아프고 입안이 쓰디쓰고 식욕은 갈수록 떨어졌다. 매스컴에서는 A형과 B형 독감의 심각성을 연일 보도했다. 조카와 같이 살면서 살갑게 지내진 않았지만 방학이 되어 대전으로 돌아간 그 아이의 여린 손길이 아쉬웠다. 사람 빈자리가 이토록 티가 날 줄이야.

순전히 약을 먹기 위한 방편으로 밥을 해 먹었다. 모래알을 씹는 기분이었다. 반찬 간이 제대로 되었는지, 그 음식의 본래 맛이 어땠는지 기억해낸다는 것이 번거로웠다. 굶을 수 없어 먹을 뿐이었다. 청탁원고가 밀려 노트북을 켜고 몸을 움직여보지만 생각은 굳어져 진전이 없었다. 내 몸이 내 것이 아닌 양 자꾸만 허공으로 떠올랐다. 의지대로 몸이 움직여주지 않는다는 것이 이처럼 어처구니없는 일이란 것을 그때 알았다. 며칠 청소를 하지 않아 눈이 닿는 곳마다 거슬렸지만 몸은 밧줄로 묶어놓은 것처럼 꼼짝할 수 없었다. 좁은 거실을 점령한 환한 햇살마저 얄밉고 성가셨다. 대책 없이 들이닥쳐 온몸의 진을 모조리 뽑아내버린 감기란 녀석은 사랑의 열병처럼 진을 친 채 좀처럼 나갈 기미가 보이지 않았다.

가만, 사랑을 감기에 비유하기도 했던가? 사랑은 감기처럼 예고 없이 왔다가 혼을 몽땅 빼버리고 달아난다고 했던 말을 들은 것도 같다. 가루약을 물에 타 메마른 입안에 들이붓고 맥없이 누워 천장에 눈을 두었다. 줄무늬 벽지가 특별할 것도 없는 방안을 더욱 심심한 배경으로 만들었다. 그리고 잠시 멀미가 나는 듯했다. 하릴없이 누워서 텔레비전 채널만 이리저리 돌렸다. 입에서 연신 흘러나오는 내 것이 아닌 것 같은 나의 신음소리를 환청인

양 들으면서 머리로는 오지랖 넓게 감기와 사랑의 상관관계를 열심히 꿰고 있었다.

그러고 보니 사랑은 감기처럼 왔다가 감기처럼 사라지는 것 같기도 했다. 언제 왔는지 모르게 다가와 한동안 온 정신을 지배하다가 언제 그랬냐는 듯 사라지고 마는 것. 사랑에 빠지면 다른 사람 말이 들리지 않는 것처럼. 시간이 흘러가도록 그냥 내버려둬야 하는 것이 그것이었다. 주변에서 아무리 말려도 비틀거릴 때 옆에서 어떤 도움을 준다 해도 가슴에 와닿지 않는 것도 마찬가지다. 애써 노력한다고 안 될 일이 되는 것도 아니요, 관심을 접어둔다고 해서 없어지는 것도 아닌, 충분히 겪을 것 겪고 아플 것 아픈 다음에 절로 시들해져 사라지는 것. 내 마음이 상대에게 가는 것을 나도 어쩌지 못하는 것. 마음을 들키지 않으려고 '밀당'을 해보지만 좀처럼 마음이 통제되지 않는 시간들. 그것이 사랑이었다. 많은 인파 속에서도 유독 그만 보인다. 그를 보면 달려가 와락 안기고 싶은 충동을 참아낸다는 것은 갑자기 터져나오는 기침을 참는 것처럼 어려운 일이다. 내 눈엔 내가 안 보여 어쩔 도리가 없지만 남의 눈에는 사랑이란 마법에 묶여 허우적대는 내 꼴이 그대로 드러나 보일 밖에.

달력을 보니 보름쯤 앓았다. 아침에 일어나 '이제 살 것 같다'는 말이 나도 모르게 흘러나온 날로부터도 이틀이 지났다. 하지만 몸은 마음처럼 가뿐하지가 않다. 의사는 아직 감기기운이 남아 있다고 했다. 조급하게 생각하지 말고 때를 기다리라며 천하에 없는 여유로운 표정으로 웃었다. 약을 3일치 더 지어주었다. 의사 말을 이렇게 잘 들은 적이 있었나? 나는 그가 시키는 대로 시간을 챙겨 약을 먹었다.

정말 살 것 같아졌다. 시장기가 돌았다. 밥을 짓고 찌개를 끓였다. 몸이 날아갈 것만 같았다. 미뤄두었던 빨래를 돌리고 대청소를 하고 분리수거를 하고 화장실 청소를 하면서 콧노래가 절로 났다. 내가 원하는 대로 몸이 움직여진다는 것이 이렇게 고마운 일인지 몰랐다. 한 발짝만 내놔도 낭떠러지로 곤두박질할 것 같았던 시간이 거짓말처럼 일시에 물러갔다. 나는 끙끙 앓은 것밖에 없는데, 약을 먹고 잠을 잔 것밖엔 한 일이 없는데 충분히 자고 실컷 아프다보니 나도 모르게 나아 있었다.

잠은 영원한 우리의 적이며 우리가 깨어 있을 때조차도 우리를 지배한다며 잠과의 싸움을 말하는 이*도 있지만 잠이야말로 아플 때 꼭 필요한 약이라는 사실을 그도 모를 리 없다. 감기에 걸린 동안 충분히 잔 나는 몸도 마음도 가뿐해졌다. 비록 내가 써버린 잠이 '생명을 새로 회복시켜 유지하기 위해 미리 빌려 쓴 적은 양의 죽음'일지라도.

---

* 윌 듀랜트, 임헌영 옮김, 『철학이야기』, 쇼펜하우어, 의지로서의 세계 중, 동서문화사, 2015. 10, p310.

4부

가출

가방 하나 챙겨들고 무작정 집을 뛰쳐나왔다. 등뒤에서 "재는 누굴 닮아서 저 모양인지" 하며 혀를 차는 엄마의 목소리가 들렸다. 아무래도 나는 다리 밑에서 주워온 애가 맞지 싶었다. 동생이 놀리기 훨씬 전부터 그런 느낌을 받았었다. 요즘 들어 엄마의 구박은 극에 달했다. 오늘만 해도 "아무리 친구가 좋아도 그렇지, 이 추운 날 종일 밖에서 노는 애가 어딨냐"며 전에 없이 꿀밤을 주었다. 물에 빠졌던 한쪽 발보다 엄마의 꿀밤이 더 시리고 아팠다. 엄마의 잔소리는 끝날 기미가 보이지 않았다. 나는 정말 주워온 애가 맞았다. 다른 형제와 비슷한 구석이 하나도 없었다. 그 생각은 시간이 갈수록 분명해졌다. 나는 입을 삐죽이며 엄마 앞에서 등을 휙 돌렸다. 엄마는 "재가, 재가!" 하며 말을 잇지 못했다.

무작정 집을 나선 나는 '숲 너머'를 향해 천천히 걸어갔다. 친구들과 망둥이낚시를 하거나 멱을 감으러 다녔던 바닷길 저수지 쪽이다. 식구들 누구도 나를 쫓아와 잡아주지 않았다. 바람이 불 때면 온몸이 얼어버릴 것만 같았다. 발도 시렸다. 그래도 집으로 돌아가고 싶지는 않았다.

그날은 썰매타기경기를 하는 날이었다. 큰형부가 동생에게 만들어준 썰매를 들고 논에 도착했을 때, 동네 아이들이 모두 거기 있었다. 이웃 동네에서 온 선수들도 더러 보였다. 그들은 외발 썰매를 자랑하며 오늘 우승은 자기들 것이라고 장담했다. 나도 질 수는 없었다. 이날을 위해 발이 얼도록 얼음판에서 살았다. 비록 앉아 타는 썰매였지만 그 종목에서는 단연 내가 으뜸이었다. 사내애들도 나를 따르려면 땀깨나 흘려야 했다. 하지만 나는 결승선을 앞에 두고 옆 선수와 부딪쳐 선 밖으로 튕겨나갔다.

선수들이 하나둘 흩어졌다. 나는 미련이 남아 논바닥 가장자리를 썰매를 들고 돌다가 한쪽 발이 살얼음 사이로 빠졌다. 다른 아이들은 장작불을 지펴 젖은 옷이나 양말을 말려 집으로 돌아갔지만 부아가 치민 나는 그들과 동떨어져 양말을 벗어들고 혼자 있었다. 그렇게 젖은 옷으로 집에 들어갔다가 엄마한테 야단을 맞은 것이다. 가뜩이나 시합에 져서 속이 상한데 엄마는 내 기분 따윈 안중에도 없었다.

추웠다. 배도 고팠다. 저수지로 향하던 발걸음을 근처 옥주네 집으로 돌렸다. 옥주는 자기 엄마를 도와 저녁밥을 짓고 있었다. 어른들 몰래 옥주를 불러내 나의 가출을 알렸다. 옥주는 서둘러 자기 방으로 나를 들였다. 키가 큰 옥주의 옷은 나에게 다소 컸지만 다른 도리가 없었다. 울타리가 없는 그 집은 마당 끝에 있는 굴뚝을 지나면 뒤란으로 향하는 작은 쪽문이 있었다. 옥주는 대청마루로 연결된 방문으로 드나들었고 나는 쪽문을 주로 이용했다. 그 애가 어른들 몰래 가져온 밥상에 코를 박고 밥을 먹었다. 출출한 밤에는 옥주가 고구마를 삶아왔다.

우리는 밤이 새는 줄도 모르고 킥킥거리며 웃었다. 어떤 말을 해도 말끝에 웃음이 걸려나왔다. 어른들이 알면 당장 쫓겨날지도 몰라 되도록 이불을 뒤집어쓰고 웃었다. 웃음소리는 눈치 없이 이불 틈새를 비집고 나갔다.

옥주는 아침에도 엄마를 도와 부엌일을 했다. 나는 옥주가 빠져나가면 이불 속에서 얼굴을 내밀고 『어린왕자』를 읽었다. 집을 나오며 챙겨온 책이었다. 어린왕자는 장미의 오만함을 고쳐주기 위해 여러 별들로 여행을 떠난다. 그가 도착한 일곱 번째 별이 지구였다. 그는 지구에서 지혜로운 여우 한 마리를 만나게 되고 여우는 어린왕자에게 "길들이다"라는 말의 의미를 알려준다. 길들임에 대해 알게 된 그는 비로소 정원에 핀 수많은 장미꽃이 자기 장미와 다르다는 것을 알게 된다. 그리고 그 장미들은 자기에게 가치가 없다는 것도 알았다. 어린왕자가 지구를 떠나려할 때 여우는 비밀 하나를 가르쳐준다.

"너의 장미꽃이 그토록 소중한 것은 그 꽃을 위해 네가 공들인 그 시간 때문이야. 너는 네가 길들인 것에 대해 언제까지나 책임이 있는 거야."

수천, 수백만 개의 별들 중에서 하나밖에 없는 어떤 별에 핀 꽃을 사랑하고 있는 사람이 있다면 그 사람은 그 별을 바라보는 것만으로도 행복할 것이라고 했다. 이 대목을 읽으면서 눈물이 났다. 웬일인지 서럽기도 하고 가슴이 아프기도 했다. 잠깐 집 생각이 났다.

나는 옥주 집에서 어른들이 출타하면 제대로 된 세수를 하고 어른들이 계시면 옥주가 가져온 젖은 수건으로 고양이 세수를 했다. 양치질도 손가락에 소금을 찍어했다. 그런데도 전혀 불편함을 느낄 수가 없었다. '집 떠나면 개고생'이라는 말이 나에게 적용되는 말은 아니었다. 나는 동굴 같은 옥주 방에서 겨울방학을 보낼 참이었다. 어차피 중학교에 들어가면 초등학교 시절 같은 자유는 없어질 것이라는 언니 말이 생각났다.

사흘째 되던 날이었을까. 그 생활이 점점 지루해지기 시작했다. 식구들이 보고 싶었다. 옥주에게 사정 얘기를 하고 집으로 향했다. 집으로 가는 길이 참으로 길고 낯설었다. 대문을 밀고 집안으로 들어갈 자신이 없었다. 하지만 엄마가 많이 보고 싶었다.

집 주위를 뱅뱅 돌다가 밥때가 되어 대문을 밀고 들어갔다. 식구들은 밥상머리에 앉아 아무렇지 않게 나를 쳐다보았다. 엄마는 부엌으로 가서 내 밥과 수저를 들고 오셨다. 누구도 어디 갔다 이제 오느냐고 묻는 이가 없었다. 나도 시치미를 뗐다. 옥주네 집에서 숨어 먹던 것과는 비교도 되지 않을 만큼 밥맛이 꿀맛이었다. 엄마는 당신 밥 한 술을 덜어서 내 밥그릇에 얹어주셨다. 나는 눈치를 살폈지만 엄마는 평상시 표정 그대로였다.

옥주네는 외가쪽 먼 친척이다. 엄마는 내가 옥주네로 들어가는 것을 뒤따라가면서 보았다고 한다. 얼마나 견디나보자 했는데 사흘도 못 채우고 돌아왔다며 알밤을 또 주셨다. 이상하게도 그 알밤은 서럽지도 아프지도 않았다. 그날 밤 엄마는 나를 품에 꼭 끌어안고 주무셨다.

금 밟으면 죽는다

놈은 맹렬하게 달려와 나를 밀어버렸다. 나는 시멘트 복도 위로 보기 좋게 나자빠졌다. 아픔을 느낄 새도 없었다. 벌떡 일어나야겠다고 생각했지만 마음뿐이었다. 놈은 냉큼 내 배에 올라탔다. 그리고 나를 집어삼켜버릴 듯 노려보았다. 놈의 주먹이 내 얼굴에 닿으려는 순간 나는 두 눈을 질끈 감아버렸다.

놈이 우리 학교에 전학을 온 것은 여름방학이 끝나고 3학년 2학기가 시작된 어느 날이었다. 읍내에서 학교에 다니다가 이사를 해 우리 학교에 전학을 온 것이다. 놈은 나와 같은 1반이 되었다. 시커먼 피부에 키가 작은 놈은 못마땅하게도 내 짝꿍이 되었다.

다음날 아침 등교해보니 내 신발장에 남자 운동화가 놓여 있었다. 나는 그 신발을 꺼내 맨 아래 칸으로 옮겨놓고 내 신을 가지런히 올려놓았다. 쉬는 시간에 화장실에 다녀오니 그 신발이 다시 내 자리에 보란 듯이 올라앉아 있었다. 나는 약간 짜증을 내며

도로 그 신을 아래에 내려놓았다. 그런데 점심시간이 끝나갈 무렵, 운동장에서 놀다 와보니 내 신발장에 그 신발이 다시 놓여 있는 게 아닌가. 나는 화단에서 나무꼬챙이를 주워와 그 신발을 꿰어 들고 교실로 들어갔다.

“이 신 누구 거여?”

“이~ 내 건디.”

놈이었다.

“36번은 내 번호여. 앞으론 거기 놓지 말어.”

나는 놈의 대답을 듣기도 전에 그 신발을 막대기째 복도에 던져버렸다. 놈은 그대로 달려가 신발을 집어들었다. 내가 복도로 나가 내 자리에 신발을 올려놓고 돌아서니 놈은 그때까지 그 자리에 서서 나를 노려보고 있었다.

“왜, 워쩔건디. 다시 또 그 자리에 놨단 봐라, 변소에 확 집어던져버릴 거니께.”

수업이 끝나고 신발을 갈아 신으러 나갔다. 놈의 신발이 버젓이 내 자리를 차지하고 있었다. 나는 그 옆에 비뚤어진 채 아무렇게나 놓여 있는 내 신발을 챙겨 신고 놈의 운동화를 발끝으로 건드려 떨어뜨린 후 화장실까지 걷어차며 갔다. 오늘 따라 화장실은 악취가 심했다. 파리도 시끄럽게 날아다녔다. 나는 화장실 귀퉁이에 서 있는 빗자루를 거꾸로 잡아들고 놈의 운동화를 꿴 다음 하나씩 변소통 안으로 집어던졌다.

쾌재를 부르며 복도를 걷고 있는데 놈이 나를 냅다 밀어버린 것이다.

나는 배 위에 올라앉아 있는 놈을 밀어내려 안간힘을 썼지만 놈은 꼼짝을 하지 않았다. 3년 동안 나한테 당하기만 했던 같은 동네 사는 문원이가 고소하다는 듯 나를 내려다보고 있었다. 나는 악을 쓰며 다시 놈을 힘껏 밀어봤지만 놈은 꼼짝을 하지 않았다. 오히려 더욱 힘을 주어 내 양쪽 어깨를 눌러버렸다. 바동거렸지만 소용없었다. 놈은 바윗덩어리 같았다.

울 생각이 없었는데 눈물이 났다. 선생님이 오시고서야 놈은 내게서 떨어졌다. 선생님은 나를 일으켜 세우고는 등에 묻은 먼지를 털어주셨다. 나는 억울했다. 원인 제공은 놈이 했는데 내가 울고 있는 것이다. 사과를 받아도 모자랄 판이었다. 나는 놈을 노려보았다. 놈도 씩씩거리면서 나를 노려보았다.

"어이그, 이눔들아."

선생님은 나와 놈의 머리에 알밤 한 대씩 먹이고는 다시 돌아올 때까지 꼼짝 말고 기다리라고 하셨다. 그러고는 수돗가로 가 놈의 똥 묻은 운동화를 빨아오셨다.

"한복용. 친구 신을 변소에 버리는 놈이 워딨냐?"

양손에 깨끗해진 운동화 한 짝씩 들고서 선생님이 말씀하셨다.

"전석이 지 번호에 지 신을 놓잖유."

"그럼 조케 말허면 쓰지."

"좋게 말혔쥬. 근디 안 듣잖유."

나는 삐죽 입을 내밀었지만 속으로는 미안했다.

다음날 신발장 내 번호 칸은 비어 있었다. 맨 아래 칸에 깨끗해진 놈의 신발이 보였다. 나는 회심의 미소를 지으며 신발을 놓고 교실로 들어가 자리에 앉았다. 하지만 다른 때와는 달리 놈의 학용품이 내 책상을 넘어와도 어쩌지를 못했다. 그동안 책상에 그어놓은 금을 밟아서 내가 잘라낸 짝꿍의 지우개며 연필이 몇 개였던가.

나는 놈이 너무나도 무서워졌다.

너 다 먹어라

"하느님, 외할머니가 우리 집에 오지 못하게 해주세요. 아멘."

나는 간절하게 기도했다.

외할머니가 오고부터 우리 집은 무언가 달라졌다. 먹어보지 못했던 음식이 차려졌고 아버지와 엄마는 할머니의 간식을 수시로 챙겼다. 안방 아랫목 작은 벽장에는 할머니 간식이 쌓여갔다. 하지만 우리는 그것들을 먹을 수 없었다. 어떤 음식이든 서로 나눠먹던 우리 팔남매에겐 있을 수 없는 일이었다.

할머니는 외삼촌댁이 코앞인데 만날 우리 집에서 놀고 우리 집에서 주무셨다. 저녁이 되면 가시려나 했지만, 아예 가실 생각을 하지 않았다. 그럴수록 벽장 속 나의 기도는 깊어갔고 그럼에도 불구하고 할머니는 온전하게 우리 식구가 되어갔다.

막내딸인 엄마를 동네사람들이나 머슴들은 '아씨'라고 불렀다.

할머니는 다른 딸들보다 막내딸을 안쓰러워했다. 또래에 비해 하고 싶은 것이 많았고, 세상 돌아가는 일에 관심이 많았기 때문이었다. 하지만 부모는 딸의 눈과 귀를 가리려했다. 많이 배우면 팔자가 세진다는 것이 이유였다. 아들에게는 독선생까지 데려다 공부를 시키면서 딸은 근처에 얼씬도 못하게 했다. 막내딸은 간식 갖다준다는 핑계로 동생 공부방에 드나들며 어깨 너머로 많은 것들을 얻었다. 동생은 둘만 있을 때 누나가 궁금해하는 것들을 자상하게 알려주었다.

그 딸이 열여섯이 됐을 때 동네에 흉흉한 말들이 떠돌았다. 혼인을 안 한 처자들을 공출해간다는 무서운 소문이었다. 어미는 발을 동동 굴렀다. 하루하루 가슴이 바짝바짝 타들어갔다. 때마침 매파가 들러 이웃 동네 양반집 둘째아들 이야기를 하면서 그리로 시집보내라고 했다. 저 고운 아씨를 험한 데 빼앗겨서야 되겠느냐는 것이었다. 귀가 번쩍했다.

"가풍은 어떻소. 좀 사는 집이오?"

좋은 가문에다가 꽤 잘 사는 집으로, 넓은 곡간에 볏섬이 그득그득하다고 매파가 말해주었다. 하지만 그 양반집은 지지리도 가난한, 그야말로 말로만 '양반집'이었다. 기실 곡간에는 껍데기만 가득했으며 쌀밥은커녕 그간 먹지도 않았던 보리밥을 먹어야 했다. 게다가 혼인날 처음 본 신랑짜리는 여덟 살이나 많았다. 매파가 거짓말을 했던 것이다. 기가 찰 노릇이었다. 외할머니에게 막내딸은 여러 모로 아픈 손가락이었다.

"하느님, 외할머니가 돌아가셨으면 좋겠어요. 아멘."

기도는 수개월째 이어져 나는 여덟 살이 되었다.

할머니는 오빠와 언니들한테는 잘하면서 나한테만 늘 야단을 치셨다. 어떤 땐 흘겨보기도 했다. "지지배가 비쩍 말라가지구 사람구실이나 헐라나 물르것다"며 혀를 찼다.

"저것이 지 에미 등골을 빼먹지. 어려서부터 경기를 밥먹듯 허질 않나, 툭하면 열나서 온 식구들 겁멕이질 않나, 인젠 승질도 삐쭉허니 쓸 데가 하나 읎구먼."

할머니는 태어나면서 골골해하는 내가 엄마를 힘들게 한다고 생각하신 모양이었다.

어느 날 저녁밥을 먹을 때였다. 내 젓가락이 가는 곳마다 할머니 젓가락이 따라와 툭툭, 쳐댔다. 나는 엄마를 건너다봤다. 엄마는 본체만체했다. 아버지는 헛기침을 하고는 반찬그릇을 할머니 가까이로 옮겨드렸다. 내가 다른 반찬을 집으려하면 다시 할머니 젓가락이 훼방을 놓았다. 아버지는 또 반찬을 옮겼다. 나는 할머니 눈치를 살폈다. 할머니는 동생 숟가락에 달걀찜을 얹어주면서도 나를 노려보았다. 나는 반찬도 없이 밥만 먹었다. 구운 김이 먹고 싶었다. 젓가락이 닿기도 전에 할머니의 우레와 같은 불호령이 떨어졌다.

"너 다 먹어라, 너 다 먹어라!"

할머니는 모든 반찬그릇을 나에게 밀면서 고함을 쳤다. 나는 딸꾹질이 났다. 으앙, 하고 바로 울음을 터뜨렸다. 밥상머리에는 내 울음소리와 안절부절못하는 아버지의 헛기침소리만 들렸다. 엄마의 표정은 미처 살피지 못했다. 아니 볼 수 없었다. 나는 할머니가 미웠다. 할머니가 싫었다.

나의 간절한 기도가 몇 달 안 되어 이루어졌다. 보리타작이 한창일 때 할머니가 돌아가셨다. 나는 그때 엄마의 미어지는 울음소리를 처음 들었다.

"어머니, 어머니, 엄마, 엄마아앙…."

엄마가 불쌍했다. 내게 쌀쌀맞았던 할머니지만 나는 할머니가 다시 우리 집에 오셨으면 했다. 엄마는 할머니를 보내고 사나흘을 아무것도 드시지 않은 채 누워 앓았다. 그러면서 가끔 할머니를 찾았다. 그 후로도 오랫동안, 아주 오랫동안….

"하느님, 외할머니가 보고 싶어요. 아멘."

외할머니는 참 너그러운 분이었다고 한다. 세상에서 소중하지 않은 사람은 없다면서 지나가는 나그네에게 물 한 그릇 주기를 아까워말라고 하셨다. 힘들게 사는 막내딸에게 가난하지만 부끄럽지 않게 살아가는 법을 알려주셨다. 며느리 어여쁜 줄 알고 사위 귀한 줄 알라는 말씀도 외할머니한테 나온 말이었다. 엄마는 외할머니의 말씀을 우리에게 그대로 전하셨다. 외할머니께 치매가 와서 한동안 우리 집에 계셨다는 것을 요 근래 들어 언니를 통해 알았다. 나는 시도 때도 없이 앓고…. 할머니는 정신이 온전치 못한 상태에서도 아픈 손가락이었던 막내딸을 기억하고는 얼마 남지 않은 시간을 함께 보내셨다. 중국 속담에 "외손주를 응석으로 키워 못쓰게 만드는 할머니는 어리석다"고 했는데 할머니는 그것을 아셨는지도 모르겠다.

외할머니에 대한 기억이 '너 다 먹어라' 뿐이어서 속상하다. 요즘 들어 점점 외할머니가 그리워진다.

훔친 달걀 하나

"엄마, 변소 옆 짚더미에 이게 있네유."

나는 엄마께 달걀 한 개를 보여드렸다. 마루에 배 깔고 엎드려 인형놀이를 하고 있던 동생의 눈이 동그래졌다. 그 옆에 앉아 콩을 고르던 엄마는 잠시 나와 달걀을 번갈아 보았다.

"달걀? 그거 옆집 갖다줘라."

"왜, 이걸 옆집에 주래유?"

"그 집 꺼니께. 우리는 닥이 읎잔니."

엄마는 다시 상 위에 벌레 먹은 콩을 골라냈다.

"에이, 그래두 이건 우리 짚더미에 있었는디."

나는 물러서지 않았다. 마루에 걸터앉아 계속해서 우리 집 달걀이라고 고집을 부렸다. 엄마의 표정이 무척이나 난감해 보였다. 엄마는 여섯 살짜리 동생 이름을 불렀다. 동생은 해맑은 얼굴로 엄마를 올려다보았다. 엄마는 부엌에서 가져온 국그릇에 달걀을 담아 옆집에 갖다주라며 동생 손에 쥐어주었다. 기어이 나는 울음을 터뜨리고 말았다. 동생은 달걀이 담긴 국그릇을 양손으로 조심스럽게 들고 대문 밖으로 사라졌다. 나는 벌떡 일어나 동생의 꽁무니를 따라갔다. 담벼락에 기대서서 보니 동생이 종종거리면서 옆집 대문 안으로 들어갔다. 동생이 달걀을 전해주고 나와, 나를 지나 우리 집으로 다시 들어간 후에도 나는 담벼락에 등을 붙인 채 옆집을 건너다보았다. 그 집 마당에는 서너 마리 암탉이 수탉 한 마리와 함께 모래를 쪼고 있었다.

그날 그 달걀은 우리 것일 수가 없었다. 하지만 울 밑에 아무렇게나 낳아놓은 것이니 그 집 것이라고도 할 수 없다. 본 사람도 없으니 주운 사람이 임자다. 그래서 달걀을 어디서 났냐고 어른들이 물으면 화장실 옆 짚더미에서 주웠다고 하면 될 줄 알았다. 하지만 엄마는 그냥 넘어가지 않으셨다.

그 후로도 몇 번 비슷한 일로 엄마를 속였지만 내 속내를 속속들이 읽어내는 엄마의 눈길을 피해갈 수는 없었다. 엄마는 내게 나쁜 습관이 들까 걱정하셨던 것이다.

그런 일이 있은 며칠 뒤 우리 집에도 닭장이 생겼다. 나는 닭장을 부지런히 드나들며 닭 모이를 챙겼다. 바구니에 달걀을 모아오라는 엄마의 심부름을 도맡았다. 달걀을 먹는 일에는 별 관심이 없었다. 닭장에서 따뜻한 알을 꺼내는 일이 나는 마냥 좋았다.

엄마는 알까? 내가 그 훔친 달걀의 따뜻한 느낌을 잊지 못하고 있었다는 것을.

바람의 방향

바람은 내가 앉아 있는 곳에서 오른쪽으로 분다. 새들은 바람을 가르며 날아온다. 마당 한켠 고양이 밥그릇에 관심을 두기도 하지만 그들은 몇 조각 사료를 먹는 듯하다가 이내 포르르 날아왔던 곳으로 사라진다.

바람은 여전히 그 방향으로 불고 사위는 조용하다. 잠을 설친 나는 느지막이 일어나 커피를 내린다. 커피가 내려오는 동안 마루문을 밀고 나와 툇마루에 앉는다. 서늘한 기운, 3월은 아직 겨울과 봄 중 어느 쪽에도 분명하게 걸치기를 꺼린다.

커피 향이 문틈 사이로 따라와 코를 간질인다. 마루에 앉은 나는 불어오는 바람을 맞는다. 제법 서늘한 바람. 목덜미를 감싸고 도는 바람을 따라 고개 돌린다. 그쪽에서 얼룩고양이가 어슬렁, 걸어나온다. 이 집에서 넉이를 먹는 들고양이다. 고양이는 집주인에게 곁을 주지 않은 채 수년 간 사료만 받아먹는다. 밥그릇을 향해 걸어가는 고양이는 무대 위로 등장하는 주연배우 같다. 그런데 우아한 그의 몸짓이 사뭇 둔해 보인다.

고양이는 추위를 견디기 위해 털을 찌운다던데, 그 말이 맞는 것일까, 아니면 새끼를 밴 걸까. 몸이 제법 통통하다. 뒤뚱거리며 느린 발걸음을 옮긴다. 지붕이 접힌 파라솔 다리 사이를 오가다가, 물이 담긴 항아리 뚜껑을 둘러보다가, 조금 전 새들이 건드리고 간 밥그릇 쪽을 향해 천천히 방향을 튼다. 곧, 자세를 바로한 후 사료 가까이로 가 그것을 먹는다. 가끔 새들이 흘린 사료를 흘끗 쳐다보기도 하고, 지나가는 사람들 발자국 소리에 귀를 세우기도 하고, 나의 헛기침 소리에 잠시 얼굴을 들어보기도 하다가, 관심 없는 척 다시 밥그릇에 얼굴을 묻는다.

에스프레소가 완성되었다. 첫 커피 한 모금의 느낌은 하루를 맘껏 열어도 좋다는 허락이다. 이 한 모금, 정신이 맑아진다. 남의 집 커피인데도 향과 맛이 무척, 익숙하다. 작년 여름에도 나는 이곳에서 머물렀다. 핑계는 글을 쓰는 거였는데, 어떤 글을 완성했는가보다는 예전부터 내가 살았던 집처럼 편안하다는 것과, 무슨 일을 해도 자연스럽고 전혀 낯설지 않았다는 것이다. 간밤에 뜬눈으로 지새운 것은 내 등을 데워준 따뜻한 방바닥 때문이었다.

바람은 여전히 그 방향으로 분다. 어느 결에 한 무리의 새들이 날아와 복숭아 나뭇가지 사이를 오가며 재잘댄다. 금방이라도 터질듯 살을 부풀린 복숭아 꽃봉오리. 새들이 가지 사이를 오갈 때마다 꽃송이를 매단 가지가 흔들린다. 말간 꽃빛이 사랑스럽다.

식사를 마친 고양이가 해맞이를 끝내고 들어왔던 곳으로 나갔을 때, 차례를 기다렸다는 듯 새들이 날아와 사료그릇에 앉는다.

공생共生이다. 이들은 밥그릇을 두고 서로 다투지 않는다. '고양이 밥그릇'은 우리가 이름 지었을 뿐, 그것은 누구의 것도 아니었다. 고양이와 새는 서로 경계하지 않는다. 상대의 식사를 방해하지도 않는다. 그들이 순서를 지키는 일은 아주 오래 전부터 그래왔던 것처럼 몸에 뱄다. 재미로 집 근처의 쥐를 잡거나 새를 잡아와 주인 앞에 내놓곤 하던 아는 집 고양이와는 다르다. 서로에게 무관심한 탓인지, 갈등 없이 살아가는 방법을 터득한 때문인지, 아무려나 그들의 배려가 나는 마음에 들었다. 고양이는 고양이대로, 새는 새대로 약속한 듯 상대의 시간을 바라봐주는 것. 그것이 그들이 살아가는 방식이었다.

커피를 마저 마시고 수선화가 핀 우물가로 간다. 새들이 일순 사방으로 날아갔다가 나뭇가지 위에 나뭇잎처럼 걸터앉는다. 나는 가만히 서서 수선화를 내려다본다. 수선화가 울타리 치듯 길게 조르르 돋았다. 잎부터 돋아난 수선화는 오종종 한바탕 꽃대를 올리는 중이다. 곧 있을 개화가 흐뭇하게 기다려진다. 바람은 내 몸을 스치고 건너편 담장 앞 달래는 그 바람에 사르르 몸을 떤다. 로즈마리와 페퍼민트, 수국 등이 이름 모를 풀들 사이에서 일제히 봄을 맞는다.

어느덧 새도, 복숭아나무도, 얼룩고양이와 나도, 수선화도 모두 이 집의 배경이 되었다. 어쩌면 이 집마저도 세상의 배경일 터, 바람만이 주인공일지도 모르겠다. 우리는 그 무엇도 아니지만 주연인 바람의 방향을 따라 기꺼이 그의 배경이 될 뿐이다.

김미선처럼 사는 법

김미선이란 이름은 흔하고 흔하다. 인터넷 검색창에 그 이름 석 자를 치면 영화배우, 탤런트, 기업인 등 수많은 김미선을 볼 수 있다. 내가 아는 김미선은 경기도 양주에 거주한다. 그는 나보다 여덟 살 아래로 우리가 알고 지낸 지는 23년째가 된다. 내가 대전에서 올라와 처음으로 경제활동을 할 때였으니 1997년 가을 쯤일 게다.

김미선은 우리 화원에서 가까운 은행에 근무했다. 나중에 알고 보니 둘째형부 조카딸이었다. 우리는 사돈지간이었지만 언니 동생으로 더 가깝게 지냈다. 나는 그에게 신랑감을 소개했고 그들이 결혼하여 아들 둘을 두었다.

김미선을 보며 그를 닮고 싶다는 생각을 여러 번 했다. 어떤 면으로 보나 김미선은 근사해보였다. 특별히 예쁘지 않았지만 귀염성이 있고, 또래 친구들에 비해 매너가 좋았고, 사교적이었으며 어디서든 똑 부러지는 처신이 눈에 띄었다. 김미선을 닮고 싶은 생각을 처음 한 것은 그가 돌연 은행에 사표를 내고 유럽여행을 떠난 때였다. 한창 유행이던 배낭여행이었다. 짧게는 한 달, 길면 기약할 수 없는 여행이 될 거라고 했다.

한 달을 넘긴 어느 날, 스코틀랜드에서 사왔다며 붉은 바탕에 푸른 체크무늬 머플러를 가지고 그가 나를 찾아왔다. 비쩍 마른 몸으로 화원을 들어서는 김미선을 나는 입을 떡 벌리고 반갑게 안아주었다. 며칠을 우리 집에서 함께 지내며 여행이야기를 들을 때는 나도 김미선과 함께 가난한 여행자가 되었다. 마른 빵을 뜯어먹고 하루 일정이 끝나면 벌레 물리는 값싼 방에서 피곤한 몸을 뉘었다고 한다. 말이 통하지 않아 손짓발짓해가면서 일정을 소화했지만 가야 할 곳을 찾아다니며 친구도 사귀었고 사진도 여러 장 남겼다. 어떻게든 소통이 되는 것이 신기했다. '궁하면 통한다'는 말은 신통하게도 맞아떨어졌다.

여행에서 돌아와 그가 영어학원에 등록했을 때 한두 달 하고 말 줄 알았다. 김미선은 의외로 긴 기간을 영어와 마주했다. 애견미용사가 되었을 때도 새삼스럽기는 마찬가지였다. 그의 선택이 의외여서 주변사람들은 물론 나마저도 놀랐다. 그 좋은 직장을 그만둔 이유를 묻는 것이 아니었다. 애견미용사 자격증을 취득한 김미선이 틈만 나면 동물보호센터에 드나들었던 것이다. 그곳에서 유기견들의 털을 깎아주는 그를 보면서 나는 처음으로 삶의 가치에 대해 생각했다. 자기 삶의 가치를 어디에 두느냐는 아주 중요한 일인데, 사람들은 보통 눈에 보이거나 손에 쥐어지는 것에 무게를 둔다. 나 또한 보이는 것에 치중했지 진정한 행복의 가치를 어디에 두어야 할까에 대해 고민하지 못했다. 삶의 가치가 중요하다는 생각을 그때는 아예 하지 않았던 것 같다.

그가 다시 은행으로 돌아갔을 때, 나는 불안했다. 내가 소개한 신랑자리 사업이 신통찮다는 소문이 비슷한 시기에 내 귀에도 닿았던 때문이다. 김미선은 자신이 좋아하는 일을 접고 은행으로 복귀해 안정된 생활을 위한 준비를 했다. 결혼을 그들처럼 계획하고 준비하는 이들은 이전에도 그 후에도 본 적이 없다. 최소한의 경비로 시에서 운영하는 기관에서 전통혼례를 치렀고 살림살이 구입은 재활용센터를 이용했다. 내가 나눠주는 여분의 접시도 반갑게 받아갔다. 남편도 그도 그런 일들이 이상하다고 생각하지 않았다. 중고 세탁기를 얻어와 새 드럼세탁기와 바꾸는 모 가전회사의 이벤트에 당첨됐을 때 김미선은 복권에 당첨된 만큼이나 행복해했다. 예비 신혼부부들이 신상품을 찾아 이리저리 비교하며 팸플릿을 살필 때, 김미선은 알찬 그만의 보금자리를 위해 무엇이 중요한지를 따지고 있었다. 어떤 대단한 물질도 내 것이 되는 순간, 더는 내 것 이상이 되지 않더라는 그의 말은 나에게 새롭게 들렸다.

남편의 사업이 기울면 기우는 대로 새로운 사업을 하면 그런 대로 군말 없이 도움을 주는 김미선을 보면서 퍽이나 무던하다 싶었다. 자신이 말린다고 멈출 남편도 아니고 이왕 하는 거, 같은 편에 서서 응원의 마음이라도 얹어주고 싶다는 것이 김미선의 뜻이었다.

김미선이 두 동생을 챙기면서 "맏이로서 힘이 되고 싶었다"는 말에 나는 고개가 숙여졌다. 그의 듬직한 마음에 나도 모르게 박수가 터져나왔다. 홀시어머니와 친정부모께도 최선을 다하는 모습을 여러 번 봐왔다. 웃는 얼굴은 김미선의 트레이드마크였다. 웃어야 행복한 것이 아닌, 정말 행복해서 웃는 모습이었다. 나는 알았다. 김미선은 자신에게 닥치는 모든 일들을 회피하려하지 않았다. 힘들어도 대면하고 헤쳐나가는 쪽을 기꺼이 택하는 사람이었다.

김미선이 특별한 이유는 이밖에도 여러 면에서 볼 수 있었다. 나는 그로 인해 기부가 무엇인지를 알았다. 우리는 다달이 이름도 얼굴도 모르는 불우한 이웃에게 우유를 나누어주었다. 매월 같은 날에 자동이체가 되는 2만 원은 크게 부담되는 금액이 아니었고 그에 비해 기쁨은 몇 배로 컸다. 김미선을 알고부터 그가 하는 일이나, 그가 권하는 일은 뭐든 따라하려 했다. 그러면 즐거움이 덤으로 되돌아왔다.

김미선은 내 재무를 살펴주기도 한다. 돈을 어떻게 써야 할지 모르는 내게는 고마운 일이다. 현실을 바로보지 못하고 분에 넘치는 생활을 하는 내게 김미선이 일침을 가하는 것은 이상한 일이 아니다. 요즘은 상대가 좋다고 무조건 잘해주는 시대가 아니라는 것도 김미선을 통해 알았다. 좀 더 약게 살 필요가 있다고 했다. 마음에 드는 상대라도 마냥 퍼주기만 하는 시대는 이미 지났고 그 시절도 바람직하지는 않았다는 것이다. 그는 적은 금액으로 적금을 들게 하고 그것이 모여 목돈이 되는 즐거움을 맛보게 해주었다.

특별하면서 특별할 것 없는 김미선의 삶이 나는 좋다. 그럼에도 나와 비교하면 비교조차 되지 않는 김미선의 삶에 나는 매번 존경의 마음을 표한다. 공부에 취미가 없는 아이들을 그들이 좋아하는 일을 하도록 돕는 어머니 김미선을 보면서 그의 열린, 넓은 마음을 읽는다.

나는 다시 태어나면 김미선처럼 살고 싶다. 욕심을 부린다면 아예 김미선으로 다시 태어나고 싶다. 그가 어떤 배경에서 성장하고 교육받았으며 어떻게 지금의 모습으로 왔는지 모르겠으나 그의 성장 배경이 내 바람을 달라지게 하는 일은 없을 것이다. 좋은 것을 보면 동생을 생각하고, 부모를 생각하고, 거기에 주변사람들까지 생각해주는 김미선의 넓은 품을 보며 조만간 그를 찾아가 비법을 챙겨볼 생각이다.

강가에서

새벽 네 시쯤 잠이 깼다. 다시 잠들기는 그른 듯했다. 나의 뒤척임에 일행이 깰까 신경이 쓰였다. 한 시간쯤 누운 채 멀뚱히 창밖만 바라보았다. 안개가 짙어 바깥을 가늠하기 어려웠다.

조심스럽게 일어나 욕실로 갔다. 누적된 피로가 얼룩처럼 얼굴에 묻어났다. 눈자위는 뻘겋고, 광대뼈 위로 다크서클이 선명했다. 그새 주름도 늘어보였다. 탄력을 잃은 피부, 헛웃음이 나왔다. 어지럽게 얽혔던 생각들이 관자놀이를 짓눌렀다.

화원을 정리하면서 복잡한 생각도 씻어낼 겸 십여 일 미국에 다녀왔다. 돌아와 바로 다음날 '인간과문학파(계간 『인간과문학』으로 등단한 작가들 모임)' 가을여행 일정이 잡혀 있었다. 평소 조각잠을 자는 나는 어디를 가도 잠자는 시간이나 형태가 변하지 않는다. 미국에 도착해서도 그랬다. 틈이 생기면 그때마다 조금씩 자두었다.

샤워를 마치고 얼굴에 로션만 바른 후 외투를 챙겨 밖으로 나왔다. 시계를 보니 여섯 시가 조금 넘었다. 날은 아직 어두웠지만 곧바로 산책길로 들어섰다.

새벽 강가를 따라 무작정 강쪽으로 발을 옮겼다. 잔잔히 흐르는 이쪽 서西강(평창강)은 곧 동東강(한강)과 만나게 된다. 이들이 만나면서 남한강이 시작된다고 했다. 이곳 사람들은 서강을 암강이라 하고 동강을 수강이라 부른다. 물의 움직임이 서강은 고요하고 동강은 힘차게 흘러서라고 했다.

말대로 서강은 그 흐름을 느끼지 못할 만큼 잔잔했다. 속으로야 끊임없이 속도를 내며 흐를 테지만 겉으로는 아무 일 없다는 듯 시치미를 떼고 있는 것이다. 물안개가 피어오르고 있었다. 내가 서 있는 쪽은 모래사장과 바위, 갖가지 잡초들이 무성했다. 날이 밝아오며 단풍의 빛깔이 선명해지고 있는 반대편은 기이한 암석을 자랑하며 한 폭의 수묵화를 연출하고 있었다. 어쩌다 산새가 울었고 가끔 부스럭거리는 들짐승 발자국인 듯한 소리가 들렸다. 또 간간이 잔 물고기들이 새벽 강물 위로 뛰어오르는 소리도 들려왔다.

물가로 다가가 수면 아래 느리게 기어다니는 다슬기를 잡았다. 한 마리 두 마리 세 마리…. 어느새 한 손 가득 다슬기가 넘쳤다. 잠이 덜 깬 다슬기, 이른 시간부터 부지런히 움직이던 다슬기에게는 날벼락이었을 게다. 작정하고 물에 들어가지 않아도 충분히 많이 잡을 수 있었다. 비닐봉지가 있었으면 했다. 하지만 이내 그들을 물속에 놓아주었다.

넓적한 바위에 걸터앉았다. 공기가 차가웠다. 옷을 입은 채 샤워를 한 듯 외투가 축축해졌다. 이 나이 되도록 이룬 것도 없이 무얼 하며 지냈나, 하는 생각이 젖은 외투 속을 비집고 들어왔다. 문득 모든 것 내려놓고 조용한 곳에서 살고 싶다는 생각이 밀려왔다. 사람들과 부대끼며 악다구니 쓰는 일 없이, 시끄러운 동네에서 벗어날 수 있다면, 전화기가 없어도 컴퓨터가 없어도 얼마든 혼자서 지낼 수 있을 것 같았다. 그때 소박하고 원시적인 생활을 하며 새로운 삶을 실험했다던『월든』의 작가 헨리 데이빗 소로가 생각났다.

그는 19세기에 살면서 21세기적인 환경의식을 지녔던 사람으로 알려졌다. 호숫가에 집을 짓기 위해 직접 소나무를 베었고 밭을 일구었으며 물고기를 잡았다. 그는 2년 이상을 그곳에 살면서『월든』의 핵심 부분을 집필했다.

사람들은 월든 호숫가에 살고 있는 소로에게 외롭지 않느냐고 물었다. 그는 어째서 내가 외로움을 느낄 것이라 생각하느냐 반문했다. 외로움을 느낀 적이 없으며 고독 때문에 위축된 적도 없었노라 했다. 사람들과 함께하는 것이 즐거울 수 있을 것이라는 생각을 잠시 해봤지만, 그럴 때면 혼자 있는 것이 언짢기도 했지만, 그야말로 잠시뿐이었다. 사람들이 살고 싶어하는 곳은 물가에 서 있는 버드나무가 물 쪽으로 뿌리를 뻗듯, 생명의 원천이라고 생각하는 곳에 가까이 살기를 원한다는 것이다. 그에게는 월든 호숫가가 그런 곳이었다. 자신이 살고 싶은 방향을 정하고 그리 살았던 소로. 내 생각은 어느새『월든』속 밑줄이 그어진 부분에 가 닿았다.

내가 보낸 가장 즐거운 시간들 가운데에 봄이나 가을에 비바람이 오랫동안 몰아치던 때를 넣을 수 있을 것이다. 그런 날 나는 오전은 물론 오후에도 집안에 틀어박혀 쉴 새 없이 부는 바람소리와 빗소리를 들으며 마음을 달래곤 했다. 또 이른 황혼이 긴 밤을 맞아들여 많은 사념들이 뿌리를 박고 그 나래를 펼칠 시간적 여유를 얻을 수 있었다. 저 북쪽 태풍이 마을의 집들을 엄습하여 하녀들이 빗자루와 물통을 들고 문간에 서서 집 안이 물에 잠기는 것을 막으려 하고 있을 때, 나는 내 작은 집의 문을 닫고 그 뒤에 앉아 비바람으로부터 완벽한 보호를 받았다.

자연의 일부가 되어 자유롭게 호숫가를 거닐고 있는 소로 흉내를 내보고 싶었다. 어쩌면 소금가마니 같은 고민들을 덜어버릴 수도 있을 거란 생각이 들었다. 강가를 천천히 걸었다. 거짓말처럼, 웬만해선 떨어질 것 같지 않았던 내 안의 미련들이 빠져나가 모래사장으로 하나씩 흩어져버리는 것 같았다. 보풀처럼 달라붙어 있던 욕심의 일부도 새벽을 흔드는 가을바람에 조각조각 뜯어져 날아가버릴 것 같았다. 이대로 얼마쯤 더 걸으면 내 몸과 정신에 붙어 있던 불필요한 것들이 모두 떨어져나갈 것 같았다. 그랬으면 싶었다.

얼마쯤 걸었나. 뒤를 돌아보니 내가 걸어온 길이 까마득했다. 가뜩이나 안개가 끼어 그 길은 쉽게 가늠되지 않았다. 방향을 틀어 오던 길을 다시 걸었다. 10월 끝자락의 서늘한 새벽바람이 바짓가랑이를 쓸고 지나갔다. 바람은 몇 번인가 더 불어왔고 물결은 그때마다 잘게 부서졌다. 익숙한 걸음, 익숙한 보폭. 안개가 걷히면서 마음이 조금씩 가벼워지는 기분이었다.

힘이 되는 말

꿈을 꾸었다. 나는 밥상을 차리는 중이었고 어머니는 그런 나를 흐뭇하게 바라보셨다. 어머니 옆에 아버지도 앉아 계셨다. 아버지가 좋아하는 비름나물을 고추장에 무치고 어머니가 즐겨 드시던 머위줄기를 데쳐 들깨가루를 넣고 들기름에 볶았다. 두 분은 이렇게 맛있는 반찬을 언제 먹어봤는지 모르겠다며, 이제 음식솜씨가 제법이라고 대견해하셨다.

꿈에서 깨니 몸이 날아갈 듯 가벼웠다. 요 며칠 언니네 농장일이 바빠 거기 살다시피했다. 평소 하던 일이 아니어서 몸은 천근만근이었다. 안마의자에 앉아도 그때뿐이고 진통제도 말을 듣지 않았다. 그러나 꿈속에서나마 두 분을 뵙고 나니 몸도 마음도 개운해졌다. 돌아가시고 처음으로 내 꿈에 오셨다.

십 년도 더 지난 일이다. 일 년 간격으로 부모님을 잃었을 때, 온 우주가 캄캄해지는 기분이었다. 잡았던 손을 그만 한눈팔다가 맥없이 놓쳐버렸다는 생각과 함께 소중한 보물을 허망하게 잃어버린 것 같았다. 내가 언제 어디에 있든 손을 내밀면 반드시 그 손을 잡아줄 분들이었다.

그런데 그 빈자리를 큰언니가 채워주었다. 어머니가 하셨던 것처럼 자주 내게 전화를 했다. 별다른 내용 없이 통화가 끝나도 언니 전화를 받고 나면 어쩐지 마음이 편안해졌다. 어디서 비롯됐는지 모를 불안이 일시에 사라지는 느낌이었다. 언니는 우리 형제 중 어머니와의 추억이 가장 많고, 어머니로부터 여러 가지 장점들을 그대로 물려받아서 요리솜씨는 물론이고 가족을 보살피는 일이며 주변사람을 걱정하는 일까지, 언니를 보면 어머니를 보고 있는 것만 같았다.

언니는 나를 '작가님'이라고 부른다. 내가 글을 잘 쓰고 유명해서가 아니다. 앞으로 좋은 글을 쓸 사람이라고 지금부터 그리 부른다는 것인데 어머니가 계셨다면 꼭 그랬을 것이라는 느낌이 든다. 마음으로 간절히 바라면 이루어진다는 말을 진리로 삼는 분이었다. 그 말은 곧 희망을 놓지 말라는 말이다. 좋은 작가가 돼주길 바라는 언니의 바람인 것이다. 그때부터였을까. 글을 잘 써야겠다는 생각이 부쩍 들었다. 바른 자세로 문학을 대해야겠다는 다짐도 다시 일었다. 내가 쓰는 한 편의 글이 누군가에게 희망을 주고 어떤 이에게는 실망을 안겨줄 수도 있겠지만, 이왕이면 여럿이 공감할 수 있는 그런 글을 쓰고 싶다는 마음이 생겼다.

언니는 내 글의 첫 번째 독자이다. 가장 큰 응원군이기도 하다. 어머니가 그랬던 것처럼 나에게 늘 칭찬을 아끼지 않는다. 나약하기만 한 동생에게 주는 용기이리라. 내가 좋아서 하는 문학이지만 언제부턴가 책임감이 붙어다닌다. 글과 사람이 다르면 그 글은 거짓이다. 글을 쓰고부터 사람이 달라졌다는 소리는 그래서 듣기에 좋다. 그동안 얼마나 형편없었기에 저러나 싶다가도 칭찬은 이것저것을 따지지 않게 한다. 글이 가는 방향대로 나를 맡겨두고 내가 가는 길은 글과 함께 하련다. 어렵게 읽혔던 작가들의 글도 쉽게 읽힐 때까지 몇 번을 거듭 읽으리라.

언니는 조카들이 어렸을 때 학교에서 상을 타오면 업고 마당 한 바퀴를 돌았다. 손자손녀가 칭찬받을 일을 하면 무조건 등에 업고 엉덩이를 두드려주었다. 아이들은 할머니의 사랑을 받으며 어떻게 살아야 서로 행복할 수 있는지를 배우게 될 것이다.

말이란 한 사람의 휘어진 길을 곧게 펴주기도 하고, 불가능할 거라 생각했던 일을 가능한 쪽으로 기울게 힘을 보태준다. 사는 게 막막하여 발이 묶여 있을 때 누군가 던져준 따뜻한 말 한마디가 명쾌한 답이 되곤 했다. 희뿌옇기만 하던 눈앞이 믿기지 않을 정도로 한순간에 환해진다. 그것이 말이 주는 힘이라고 나는 생각한다.

나는 간밤의 꿈 이야기를 언니한테 들려주었다. 언니의 해석이 마음에 들었다. 꿈에 부모님이 나타난 것은 좋은 징조이며, 거기에 칭찬을 들었다니 기분 좋은 일이 생길 것이라고 했다. 그립던 부모님을 뵌 것만으로도 꿈의 반은 이뤄진 듯 기분이 좋은데 언니의 해몽이 남은 하루를 더 기대하게 한다.

별

별은 금방이라도 내 얼굴 위에 쏟아질 기세였다. 하늘은 심청색이었다. 멀지 않은 곳에 서강西江이 흐르고, 그 강이 빛을 쏘아 올려 하늘에 별을 띄워놓은 것 같았다. 나는 펜션 잔디밭 돌의자에 앉아 하늘과 강을 번갈아 바라보았다. 스테파네트 아가씨가 내 옆으로 다가와 말을 걸어줄 것만 같은 밤이었다.

문학회 회원들과 이틀 일정 잡아 영월로 가을소풍을 왔다. 어둠이 내릴 즈음부터 마신 술이 거나해져 밖으로 나왔다. 그때까지도 밤이 깊었는지 별이 떴는지 알지 못했다. 그야말로 술에 취해, 존재하는 것들에 대한 관심이 없었다. 나는 운전할 사람을 불러 펜션을 벗어날 궁리를 하였다. 술이 더 필요했다.

숙소로 돌아왔을 때, 주위는 적막으로 가득했다. 가끔 걸음을 옮기는 바람의 숨소리만 짐작되었다. 이제 남은 건 나와 하늘과 별, 그리고 캄캄한 사위, 이따금 먼 터널을 빠져나와 도로를 달리는 자동차바퀴의 마찰음뿐이었다. 나는 고개를 들고 입을 벌린 채 하늘을 올려다보았다. 멀리 떠 있는 별은 묵묵히 나를 향해 눈만 반짝거렸다. 나는 별과 눈맞춤하며 잔디마당을 서성거렸다. 더 많은 별을 찾아보고 싶어서였다.

아직은 10월, 서너 밤을 더 보내야 11월이다.

10월의 늦은 밤은 생각이 깊어지게 한다. 없던 여유도 생기게 한다. 나는 그것을 붙잡고 싶어 오랫동안 마당을 거닐었다. 폭신한 잔디가 편안하게 느껴졌다.

돌의자가 있는 곳으로 갔다. 멀리 서강이 흐르고 여전히 터널을 벗어나는 차량의 질주는 힘차다. 잠을 잊은 도로, 새벽으로 가는 시간은 하늘을 더욱 밝게 물들였다. 언제 왔는지 스테파네트 아가씨가 눈을 비비며 내 옆으로 와 앉았다. 그녀는 창문으로 스며드는 별빛 때문에 잠을 잘 수 없었다고 했다. 우리는 나란히 앉았지만 아무 말도 하지 않았다. 별은 더욱 밝은 빛으로 우리를 내려다보았다. 나는 아가씨의 어깨 위에 지친 내 머리를 가만히 기댔다.

모두들 잠들어 있는 시간, 신비로운 기운이 우리 주변을 감쌌다. 여전히 별은 반짝이고, 강물은 더욱 그 빛을 끌어내리고, 밤나무 숲에서는 단내를 흘리며 나뭇잎이 굴렀다. 밤[夜]이 익숙하지 않은 이들에게는 이 시간이 무서울 수 있겠으나 스테파네트 아가씨나 나는 다행히도 밤을 좋아했다. 특히 길을 잃어 깊은 산을 헤맸던 경험이 있었던 우리는 별이 많은 밤을 두근거리며 즐길 줄 알았다.

아가씨는 오래 전 만났던 목동 이야기를 꺼냈고 나는 얼마 전 알게 된 길동무 이야기를 끄집어냈다. 별똥별이 떨어질 때면 우리는 하늘만 올려다보았다. 아가씨와 나는 그 별똥별이 천국으로 들어가는 누군가의 영혼이라는 것을 믿고 있었다.

"그가 그랬어. 별 중에 가장 아름다운 별은 목동의 별이라고. 새벽녘에 양떼들을 몰러 나올 때나 저녁나절 양떼들을 몰고 들어올 때도 그 별은 머리 위에서 반짝인대나. 마그론느라 불리는 그 별은 피에르 드 프로방스(토성)의 뒤를 쫓아가 7년마다 한번씩 그와 결혼을 한다지?"

"별들도 결혼을 해?

나는 스테파네트 아가씨가 목동에게 그랬던 것처럼 물었다.

"그렇대. 그런데 뒤에 이어진 이야기를 나는 듣지 못했어. 너무 졸려서 곧 잠이 들었거든."

나는 목동별 이야기보다 지금 우리가 바라보는 밤하늘과, 잠시 후 온순한 양떼처럼 새벽이 올 것이라는 기대감에 설렜다.

스테파네트 아가씨는 나의 머리를 쓰다듬었고 나는 아가씨의 손길을 바람결인 듯 느끼며 그녀의 어깨에 다시 머리를 기댔다. 꿈인 듯 꿈이 아닌 시간이었다.

가방이 이럴 줄 몰랐어

일곱 명의 문학친구가 있다. 우리는 임헌영 교수의 강의실에서 만났다. 나이로 치자면 나보다 스무 살 많은 일흔셋의 김 선생부터 다섯 살 아래인 마흔아홉의 홍 선생까지 60대 두 명, 50대가 네 명으로 고른 편이다. 우리는 성性과 나이를 벗어나 남은 시간 문학의 길을 함께 걷고자 친구가 되었다. 그런 지 3년째다. 등단 연도가 다르고 성격도 다른 우리에게 하나의 공통점은 수필을 좋아한다는 것이다. 그것 하나로 많은 것들을 공유 중이다.

그저 만나서 밥이나 먹고 수다떠는 것도 좋지만 모임의 질과 수필 발전을 위해 한 달에 한번 같은 소재로 글을 써 합평시간을 갖자고 한 홍 선생의 제안은 의외였다. 작가들은 자기 작품 앞에서 민감해지기 때문이다. 그런데 모두들 기다렸다는 듯 환영했다. 이번에 3회째가 되었고 소재는 '가방'이다.

쉬울 줄 알았다. 첫 번째 '갈망'과 두 번째 '자유'를 망친 나는 '가방'으로 못할 것이 있겠나 싶어 속으로 쾌재를 불렀다. 쫓기기만 했던 먼저와 달리 시간적으로도 여유가 있어 이번에야말로 내가 한방 날릴 기회가 왔다고 자신했었다. 널린 게 가방이고 손을 뻗으면 잡히는 게 가방이었다. 그런데 막상 자리를 잡고 글을 쓰려니 가방은 가망 없다는 듯 나를 비웃었다. 실마리를 잡아보려는 순간 일시에 멀리 달아나버렸다. 혹시 몰라 방바닥에 펼쳐놓았던 가방들이 언제 선택해줄 거냐며 나를 올려다보았다. 생각과 달리 가방에 대한 에피소드는 허접했고 그것을 끌고 갈 능력은 더욱 미천했다. 흔하다고 다 쉬운 것은 아니었다.

작가라면 어떤 소재를 줘도 글을 만들 줄 알아야 한다고 큰소리 친 적이 있다. 그 생각이 떠올라 얼굴이 화끈거렸다. 아직 나는 작가가 되지 못했다는 부끄러움이 밀려왔다. 한 가지 일을 10년 이상 꾸준히 하면 프로라고 어떤 글에 적은 적이 있다. 그 방면에 프로라면 어떠한 제안에도 망설임이 없어야 한다는 생각을 가졌을 때였다. 수필을 쓴 지 13년째인 나는 '가방'이라는 제시어 앞에서 프로이기는커녕 아무것도 아닌 것이 되었다. 자괴감이 들었다.

아예 손을 못 댄 것은 아니다. 나름 색다르게 써볼 양으로 많은 생각을 굴려 하나의 줄기를 뽑아보기도 했다. 고양이가 된 내가 바퀴 달린 가방을 갖고 싶은 꿈을 꾸는 것이었다. 사방에 창문이 있는 커다란 가방. 그것은 날개 없는 나에게 양탄자가 되어 세상을 날게 했고 시끄러운 세상 뒤편에서는 조용한 쉼터도 돼주었다. 그런데 그 글은 며칠 밤을 설치며 동화로 끝나버렸다.

생기 넘치는 20대 초반 숙녀를 보면서 시작한 '가방'도 있다. 그녀의 가방은 립스틱이나 카드지갑 하나 정도 들어갈 만큼 아주 작은 것이었다. 그녀가 걸을 때마다 가방은 통통 내 심장을 쳤다. 상큼했다. 맹추위에도 그녀의 짧은 원피스는 빛났고 어깨 아래로 내려온 긴 생머리가 내 눈길을 끌었다. 그녀가 멀어져가는 것을 보면서 필요 이상으로 크고 무거운 내 가방을 내려다보는 장면에서 그 글은 멈춰버렸다. 그 지점에서 더 나아가지 못하고 한참을 꾸물거렸다. 어떤 이야기라도 끄집어와 다시 이어야할 텐데 하는 생각을 하며 어린아이처럼 동동거리기도 했다. 가까스로 학창시절 봤던 영화 한 편이 떠올랐지만 영화 제목도 여주인공 이름도 생각나지 않았다. 그 여자한테는 없는 게 없었다. 그녀의 가방에서는 라이터가 나왔고 만년필이 나왔고 심지어 포크를 꺼내기도 했다. 참으로 괴짜구나 하면서 웃었던 기억이 전부다. 그것으로 내 '가방'을 만족시킬 수는 없었다.

넉넉했던 한 달의 시간은 코앞으로 다가왔다. 처음 무릎을 쳤던 때와는 달리 나는 초조했다. 이러다가 빈손으로 모임에 참석할 수도 있기 때문이다. 실력이야 어디 갔던지 웬만큼 모양을 갖춰가야 할 텐데 아직도 이 모양이라니. 지금 이 시점에서 나에게 '10년 프로'는 다시 생각해봐야 할 말이 되어버렸다. 프로라면 어떤 소재로도 하나의 완성품을 만들어내야 하지 않을까. '생활의 달인'에서 달인은 거침없이 미션을 수행한다. 담당 PD의 무리한 요구에 과연 해낼 수 있을까 조마조마하며 지켜보지만 끝내 해내고야 마는 주인공. 그는 박수를 받아 마땅했다.

이쯤해서 나는 솔직해지기로 한다. 비겁한 핑계를 대느니 깔끔하게 인정하는 쪽이 좋겠다.

"가방이 이럴 줄 몰랐다!"

항복이다. 말하고 나니 속이 후련하다.

세상에 쉬운 일이란 없다. 널린 게 가방인데, 그 흔한 가방으로 수필 한 편 쓰기 어렵겠나 했던 자만을 접어들인다. 단순하고 순박한 나. 글도 그랬으면 하지만 나는 이미 때가 묻어 있다. 갈망도 자유도 그랬지만 이번에야말로 소재를 쉽게 봤다는 것이 문제였다. 언제쯤 나는 실패 없이 결과물을 얻을 수 있으려나. 늘 당하고 또 다시 꿈을 꾼다.

5부

시크릿

좋은 글을 쓰고 싶다. 누군가 내 글을 읽고 용기를 내어 다시 생의 길을 걸을 수 있는 글, 또 다른 누군가는 꺾었던 붓을 다시 들을 수 있게 하는 마법 같은 글, 그런 글을 쓰고 싶다. 어떤 이는 무지한 나를 보며 자신은 그러지 말아야지, 마음을 굳히는 글, 체증 같은 슬픔을 보물처럼 꽁꽁 숨겨두고 한번도 제대로 된 긴 숨을 못 쉰 사람들에게는 눈물 골을 터주어 펑펑 울 수 있게 만드는 글, 그리하여 가뿐해진 그가 다시 숨을 쉬며 가던 길을 갈 수 있게 하는 그런 글을 쓰고 싶다.

요즘 나는 론다 번Rhonda Byrne의 『시크릿The Secrt』을 다시 읽는 중이다. 베스트셀러라며 조카가 사온 책을 건성으로 읽었던 4,5년 전과는 달리 지금은 문장 하나하나에 지은이의 메시지를 느껴가며 읽는 중이다. '시크릿'은 계속해서 '나는 내 생각의 주인이다'라고 말하며 나를 따라다닌다. 내가 생각한 대로 내 인생은 바뀔 것이며 분명히 그리될 것이라고 주문처럼 그 법칙에 대해 설명하고 있다. 세기의 여러 석학이 '위대한 비밀'을 찾아헤맸고 그 비밀은 문학, 종교, 철학에서 전수되었다.

돌이켜 생각해보니 '시크릿의 법칙'이 맞는 듯도 하다. 내가 불안해할 때 안 좋은 일이 일어났으며 내가 행복해할 때 그 행복은 나도 모르게 따라왔던 것도 같다. 무의식 속에서 외친 한마디가 현실에서 나타나고 그것은 내 인생에 커다란 재앙으로 다가오기도 했던 것이다. 그때마다 나는 나의 불행이 남에 의해 일어났다고 생각하며 세상이 이토록 내게 불공평할 수 있느냐며 잡히지도 않는 누군가에게 따져 물었던 적이 있다. 왜 나는 당하는 자여야만 하며 매번 그쪽에 서야 하는 것이냐고 발을 구르며 울부짖었던 적도 있다. 하지만 내가 그리해도 세상은 끄떡없었다. 들은 척도 본 척도 하지 않았다. 묵묵히 돌아갈 뿐이었다. 지친 나는 스스로 일어서야 했고, 자신에게 독려하며 새롭게 첫발을 내딛을 수 있었다.

'잘 살 것이다. 보란 듯 잘 살 것이다. 똑바로 살다보면 길이 보일 것이다. 긴장을 늦추지 말고 열심히 걸어가자.'

나는 끊임없이 걸었고 걸으면서 보았다. 내가 울고 있을 때 손을 잡아준 사람과 내가 비틀거릴 때 지팡이를 건네준 사람과 목이 마른 나에게 물 한 모금 선뜻 내준 사람과 비를 맞을 때 우산을 받쳐준 사람들…. 그들은 하나같이 나의 길에 동무가 되어주며 한번도 으스댄 적이 없었고 내 보폭에 맞춰서 기꺼이 함께 걸어주었다.

그때 내가 입말로 중얼거린 건, '잘 살아야겠다. 정말 잘 살아야겠다'였다. 지금 나는 잘 살고 있는지는 모르겠다. 계속 잘 살아야 하기에 아직도 그 말은 진행 중일 뿐이다.

일 년 전, 고객에게 주문받은 화분을 배달할 때 일이다. 문을 밀고 들어서는 내게 그는 다짜고짜 거기 놓고 당장 나가라며 화를 냈다. 이 돈 가져가고 다시는 연락하지 말라는 말을 내 뒤통수에 사정없이 던져버렸다. 그 집 계단을 걸어나오며 너무도 어처구니가 없어 눈물도 나오지 않았다. 자존심이 상해서였는지 다른 이유였는지는 모르겠다. 분명한 것은 나의 자존심을 그따위 일에 견주기 싫었다. 혼이 빠져나가 형체만 움직이는 사람처럼 계단을 내려왔다. 그리고 나도 모르는 내가 어느새 그 일을 의도적으로 지워버리고 있다는 것을 나중에야 알게 되었다. 믿기지 않을 정도로 그런 일이 있기는 했었나 싶게 세세한 기억이 흐트러져버린 것이다.

큰 상처를 입은 사람일수록 그때 상황을 지워버리려는 습성을 가지고 있다고 했던가. 그렇다면 그 일이 내게 큰 상처가 되었던 것일까. 하지만 나는 그 일을 무의식 속에서 꾸준히 지워버리고 있었을 것이다. 그리고 그러기 전의 그녀를 가끔은 생각했던 것 같다. 그런데 까맣게 잊고 지내던 며칠 전, 모르는 전화번호를 달고 문자 메시지 한 통이 도착했다.

"잘 지내세요? 그땐 내가 잘못했어요. 한번 연락을 하고 싶었는데 용기가 나지 않았어요."

궁금한 나는 그에게 답을 보냈다. 누군지 모르겠는데 혹시 잘못 보낸 건 아니냐고. 바로 그에게 답장이 왔고 일 년 전 그녀임을 알았다. 그는 만나고 싶다고 했다. 하지만 나는 그동안 가둬뒀던 그날의 기억이 일시에 스프링처럼 튀어나와 선뜻 그러자고 대답을 할 수가 없었다. 곧이어 그의 다음 문자가 왔다.

"그날 그러고 나서 많이 후회했어요. 일 년 내내 족쇄처럼 그 일이 나를 옭아맸어요. 그땐 내가 어떻게 됐었나 봐요. 인터넷을 검색하다가 우연히 글을 쓰는 당신이 생각나, 검색 칸에 당신의 이름을 쳤어요. 몇 편의 글을 읽었죠. 당신의 글 중에 나를 울리는 글이 한 편 있었어요. 그 글을 읽고 연락을 해보자고 용기를 냈지요."

그는 내가 7년 전에 쓴 글 중「경우가 아닌 경우」를 읽었다고 했다. 믿었던 직원이 어느 날 갑자기 건너편 건물에 화원을 연 이야기로, 나로선 사람을 믿는다는 것에 대한 정의가 흔들렸던 시기의 글이었다. 막연하게나마 그녀와의 화해를 원했던 나 자신을 발견하며 한편으로 분노하면서도 그녀에 대한 어떤 그리움이 묻어났던 때였다. 갑작스런 일을 당한 나를 생각하고는 눈물을 흘렸다며 진심으로 사과하고 싶다고 말했다. 그녀는 일 년 동안 정신과 치료를 받았다며 한번 만나고 싶다고 다시 한번 말했다. 하지만 나는 그녀를 만나지 않았다.

그날 그녀에게 갑자기 왜 그러냐고 따지기라도 하며 난리를 부렸다면 지금 우리는 어떠했을까. 기억에서조차 지워버리려 했던 그날의 일은 어쩌면 내가 편하고 싶어서 나 자신에게 참아보자고 다독였던 것일 수도 있다.

오래 전에 쓴 글로 인해 나에게 다가올 용기를 얻었다는 그녀의 말에 나 또한 용기를 얻는다. 더 좋은 글을 써서 내가 모르는 누군가가 아픔을 씻을 수 있는 기회가 될 수 있다면 어떡하든 그런 글을 쓰고 싶어졌다.

나는 시크릿의 법칙을 잘 활용하려 한다. 내가 원하는 무언가가 어느 순간 다가올 것만 같기 때문이다. 매일같이 주문을 외우고 하루하루 열심히 살고 있으니 그 법칙은 내 것일 수도 있다. 이젠 좋은 글을 쓰기 위해서만 노력할 것이다. 그 한 편의 글이 경쾌한 발자국 소리를 내며 누군가에게 다가가 등이라도 한번 쓸어줬으면 바라면서.

덕德은 가르쳐지지 않는다

"수필 쓰는 법 좀 가르쳐줄 수 있어요?"

때로는 지인으로부터 이런 요청을 받기도 한다. 그럴 때마다 "저는 누굴 가르칠 능력이 없어요"라며 사양하는데, 그것도 매우 난처한 일이다. 혹여 듣는 이에게 오만하게 보일까봐서다.

어떤 이들은 자신이 쓴 글을 내게 이메일로 보내고 수정해줬으면 한다. 어떤 때는 사양도 하고 어떤 때는 마지못해 다듬어주기도 하지만, 그것도 '나라면 이렇게 하겠어요' 정도일 뿐이다. 어느 쪽이든 내 마음은 편치 못하다. 내 손을 거치면서 글쓴이의 생각이 변질되지는 않았는지, 그래서 글의 모양이 흐트러지지 않았는지 늘 신경이 쓰인다. 사람마다 문장의 특징이 있게 마련인데, 내가 손을 보탬으로써 그 사람의 작품이 훼손되었을까 걱정되는 것도 마찬가지다.

사양을 하면서 등단 초기의 나를 돌아다보게 된다. 나 역시 그 때는 막연했다. 수필이 무엇인지 전혀 모르고 발을 내딛은 거였다. 희미한 실마리를 붙잡기까지 3년여쯤 걸렸다. '어쩌다', '얼떨결에' 수필가가 된 것 같기도 하고, 이 길이 내게 맞는지에 대해서도 거듭 되묻게 되었다. 지난 11년 동안 나는 간헐적으로 나를 의심하고 자주 회의했다. 이렇듯 나는 내 글 한 편 쓰는 것도 쉽지 않았다.

그러기에 남을 가르치는 일은 엄두도 나지 않고, 그럴만한 여유도 없다. 아직 이렇다 할 상을 받은 적도 없고, 이름을 떨치지도 못했다. 어떤 작가는 책 한 권으로 유명해지고, 또 어떤 작가는 작품 한 편으로 유명한 문학상을 받는다. 그런가하면 어떤 작가는 발표하는 글마다 평론가들의 주목을 받는다. 그들에 비하면 나는 아무것도 아니다. 나의 어떤 점을 보고 자신의 글을 보내는지 알 수가 없다. 궁금하지만 묻는 것도 솔직히 겁이 난다. 허나 프로 스포츠의 경우 꼭 좋은 선수가 좋은 감독이 되는 것은 아니라고 한다. 골프 코치들은 대부분 유명한 골프대회에서 상을 받은 경력이 없다. 마라톤에서 페이스메이커는 선수가 무사히 자신의 실력을 발휘할 수 있도록 일정 구간 함께 뛰면서 그의 페이스를 돕는다. 그런 것들이 수필에도 적용되는지는 모르겠다. 여하튼 글을 쓰고 책을 내는 것과 좋은 선생이 되는 것은 별개의 영역이라고 생각된다.

언젠가 나는 텔레비전을 보다가 가수 조영남이 하는 말을 들었다. 그는 친구인 소설가 김한길에게 글 잘 쓰는 법을 가르쳐달라고 했다. 김한길은 글 쓰는 법은 알려주지 않고 샐린저Jerome David Salinger의 『호밀밭의 파수꾼』을 열심히 읽으라고 권했다. 『호밀밭의 파수꾼』은 아주 단순한 내용을 훌륭하게 스토리텔링한 작품이었다. 김한길이 조영남에게 가르침 대신 그 책을 추천한 것은 생각할수록 근사한 일이었다.

나는 내게 강의 요청이 올 때마다 다른 이를 소개하면서 '기초부터 잘 가르칠 거예요'라고 말한다. 그러나 오래 지나지 않아 그에게서 불평을 듣는다. 기초부터 배우는 것이 시시하다는 것이다. 기본기보다는 스승의 특별한 비밀병기를 기대했던 것일까.

문득, 수필 쓰는 기술을 전수한다는 이들은 어떻게 가르치는지 궁금해진다. 도제徒弟수업을 하듯이 제자들을 가르칠까? 아니면 자신의 수공업적 경험을 아낌없이 모두 전수하는 것일까?

이런 의문들을 품고 지내던 중 우연히 플라톤의 저서 『프로타고라스』를 선물받았다. 얼마쯤 읽다가 한 문장을 보고 내 마음에 번개가 치는 것을 느꼈다. 플라톤은 소크라테스의 입을 빌려 프로타고라스에게 말했다.

"가장 지혜롭고 가장 뛰어난 인물이라 할지라도 그의 덕을 다른 사람에게 줄 수는 없는 일입니다."

덕은 개인이 가진 훌륭한 재능이다. 그러니까 나의 재능을 다른 이에게 가르칠 수 없다는 뜻이다. 프로타고라스는 "만일 자네가 내게서 학문을 배운다면 자네는 그날부터 훨씬 슬기로운 사람이 되어 집으로 돌아갈 걸세"라고 응수한다.

소크라테스의, 아니 플라톤의 주장은 모든 인간의 영혼이 가진 지식의 양은 똑같다는 것이고, 다만 개인에 따라 육체성이 그 영혼을 가리고 있으니 영혼 속에 들어 있는 지식을 스스로 꺼낼 수 있도록 자극을 주면 된다는 것이다. 이를 위해 소크라테스가 개발한 것이 문답법이었다. 해법을 일러주는 게 아니라 물음을 통해 상대방이 스스로 깨닫게 하는 방법이었다. 그렇게 하면 마치 하드디스크에 들어 있던 정보가 모니터에 출현하듯이 영혼 속에 숨어 있던 지식이 튀어나온다. 그 지식은 가르치는 자의 것이 아니라 배우는 자가 이미 가지고 있다는 뜻이다. 그렇다면 소위 선생들이 말하는 '내가 쌓거나 익힌 모든 것을 전수한다'는 주장은 설득력을 잃게 되고 만다.

나의 스승은 내가 쓴 글을 펼쳐 보이며 이 부분이 미심쩍다며 그곳에 손가락을 대고 연거푸 질문을 던진 적이 있다. 그분은 내가 하고자 하는 말을 충분히 풀어내지 못했음을 이미 알고 있었다. 내 입으로 그 말이 튀어나오기만을 기다리다가 급기야 그 문장에 있어야 할 말이 들어가면 그때서야 '옳거니!' 하셨다. 제자의 미비한 점을 짚어주고 스스로 터득할 때까지 기다리는 인내야말로 스승의 참사랑이 아닐까 싶다.

소크라테스는 소피스트들에게 '영혼의 양식이 되는 학문을 마치 상품처럼 파는 자들'이라고 비판한다. 그도 그럴 것이 소크라테스가 가장 자랑스럽게 생각한 것이, 자신은 일평생 돈을 받고 지식을 판 적이 없다는 사실이었다. 나 역시 가르칠 실력도 없지만 무엇보다도 내 영혼의 보잘것없는 양식을 그럴듯하게 포장해서 남에게 파는 것에는 더더욱, 재주도 용기도 없다. 스무 해 가까이 꽃을 다뤘지만 재능기부 수준의 수업 외에 이렇다 할 강의를 하지 않았다. 가르치는 일은 내 길이 아니라는 생각에서였다.

시장에서 사온 꽃을 디자인해서 적절한 가격을 받고 팔고는 있지만 내가 파는 것은 꽃이지 꽃을 디자인하는 기술은 아니었다. 마찬가지로 글동네에서 사람들에게 내가 보여주는 것은 나의 글이지 글을 쓰는 기술은 아니다.

수필이 인격의 향훈에서 우러나오는 덕성의 문학이라면 가르쳐서 될 일은 아닌 것 같다. 오늘도 나는 남을 가르칠 엄두는 내지 못한 채 더듬거리며 자문한다. 수필은 과연 가르쳐서 완성될 수 있는 것인가.

정전停電

쓰던 글이 한창 막바지에 다다랐을 때였다. 커피집 전기가 나가고 취해 듣던 음악이 끊기면서 모든 것들이 일시에 멈춰버렸다. 주인이 출입구 근처에 있는 두꺼비집에 들렀다오자 다시 음악이 흘렀지만 글은 더 이상 진행되지 않았다. 아니, 해야 할 이야기를 잃어버렸다고 해야 옳았다. 한여름 전기는 그러고도 두세 번 더 나갔다. 노트북 배터리 용량은 아직 여유가 있었다. 그런데 나는 '동작 그만' 했고 노트북 화면에는 커서만 껌벅였다.

그것이 신호였을까. 그때부터 나는 어떤 이야기도 뽑아내지 못하고 있다. 벌써 일주일째다. 거짓말처럼 생각이 멈춰버린 것이다. 하필이면 지금일까. 그동안 미뤄두었던 써야 할 글이 산더미인데 한심하게도 며칠째 썼다 지웠다만 반복하는 중이다. 숙제 못한 어린아이처럼 조바심만 난다.

요즘 들어 청탁이 뜸해진 수필이야 그렇다 치더라도 이미 약속한 연재 글이 문제이다. 마감일이 아직은 멀리 있지만 이런 식으로 가다가는 곧 코앞이 될 게 빤하다. 이렇게 시간만 축내다가 마감 즈음에 날밤을 새우는 경우가 어디 한두 번이었나. 그런 원고는 애써 완성한들 보내놓고도 불안하다. 독자에 대한 예의 운운하며 한동안 자책할 것이다.

글이 안 될 때는 산책을 하거나 음악을 듣거나 책을 읽는 편에 선다. 잠시 조바심을 밀어내보지만 그것도 마음대로 되지는 않는다. 어떻게 써야 할까에 마냥 생각이 머물러 있기 때문이다.

그동안 바쁘다는 핑계로 읽지 못했던 책들을 책장에서 꺼낸다. 알베르 카뮈의『작가수첩 Ⅰ, Ⅱ, Ⅲ』, 심리학과 교수가 쓴 '나를 바꾸는 심리학의 지혜'『프레임』, 니체의『짜라투스트라는 이렇게 말했다』, 버트런드 러셀의『게으름에 대한 찬양』이 그것이다. 어디 그것뿐인가. 인기작가가 낸 산문집과 다가올 문학기행에 필요한 여행서적, 내 글에 필요한 자료들까지. 꺼내다보니 한 짐이다. 빼놓고 보니 또 어이없다. 하나같이 폼나는 책들 아닌가. 이 많은, 이 어려운 책을 어쩌려는 것인지. 내 수준에 이렇게 묵직한 책을 언제 다 읽을 것인지가 의문이다. 정말 내게 필요해서 산 책인지 남들이 좋다고 하니 읽어야 할 책으로 알고 구입한 것인지 헷갈린다. 남이 소개한 책이 내게 맞는 책인지 어떤지도 모르고 있다는 것이 한심하고 부끄럽다.

그러고 보니 내 독서취향은 참으로 불량하다. 언제 읽을지 모를, 읽기는 할 것인지도 모를 책들을 쌓아두기만 하니 말이다. 결국 언젠가는 다 읽게 될 것이란 믿음을 스스로에게 각인시켜주면서 위안을 받지만 그날이 늘 멀리 있다는 것이 문제라면 또 문제이다.

꺼내놓은 책을 살피다가 동작이 멈췄다. 어떤 책을 먼저 읽어야 하나 그 순서도 정해지지 않는 것이었다. 끝내, 아직은 이런 책을 읽을 때가 아니라는 핑계를 대면서 책상 한 귀퉁이로 밀어놓는다. 그리고 방바닥에 그대로 벌러덩 드러눕는다. 갑자기 귀찮아진 것이다. 오른쪽 벽면에 붙어 있는 책장이 나를 보며 껄껄껄 웃는다. 아직도 읽어야 할 책이 이곳에도 많이 꽂혀 있다는 비웃음이다.

벌떡 일어나 책장을 노려본다. 정신사납다. 책장을 정리해야 했다. 도무지 장르 구분 없이 중구난방으로 꽂혀 있는 책들이 볼썽사납다. 언제부터 나는 날 잡아 대청소하듯 일을 몰아서 했던가. 밤을 새워서라도 그날 할 일은 그날 하고야 말았는데, 이제 될 대로 되라는 식으로 버티다보니 뭐 하나 정돈된 것을 찾기 어렵다.

책을 빼들면서 전에 없이 요령을 피운다. 책장을 비운 후에 책을 채웠던 방식이 아닌, 있는 그대로 두면서 관련 있는 책들을 꺼내 모아 한쪽으로 꽂는 방법. 언제부터 모아둔 건지 평론 관련 서적이 많아졌다. 어떤 평론가의 글이 내게 맞는지도 모르면서 공부하겠다고 필요한 책을 왕창 사모은 탓이다. 오르한 파묵의 소설이 책장 한 칸을 채웠다. 수년 전 그의 순수박물관(이스탄불)에서 사온 원작 포함, 꼭 읽어보고 싶은 책들로 채워둔 것이다. 스승님으로부터 받은 책들도 구분해본다. 시집과 수필집, 소설집과 잡지 등을 분류해가면서 동이 틀 녘에야 책장다운 책장으로 정돈되었다. 그런데 아직 기분이 개운치 않은 까닭은 무엇인가.

나는 근 5개월여 일에 파묻혀 살았다. 어느 한순간 일감이 몰아서 왔고, 나는 그 일을 해야만 했다. 그 일이란 것이 다양했다. 대개는 가까운 잡지사 관련 일이었고 거기에는 개인적인 일도 포함되었다. 얼마 전 세 번째로 낸 에세이집 『꽃을 품다』를 축하해주기 위한 이벤트로 잡지사에서 북콘서트를 열어주었다. 짬짬이 모 출판사의 교정 일을 했고, 몇몇 뜻있는 작가들이 작심하여 저지른 어떤 일에도 몰입했다. 돌이켜보니 내가 그 많은 일을 어떻게 다 해냈나, 신기할 따름이었다. 그런 것들이 나로선 과부하過負荷였다.

보상은 돈 들이지 않고도 체중을 줄인 일, 응급실로 실려가 갖가지 검사를 받은 일, 며칠 가족의 도움을 받아 요양한 일, 일을 마친 후의 크고 작은 찬사 등이다. 그렇다면 지금 내가 이러고 있는 것이 한심한 일은 아니지 않은가.

정전停電은 과한 소모로 빈곤해진 내 내면의 곳간을 다시 채워 넣으라는 경고였는지도 모르겠다.

공항 가는 길

날이 맑다. 무엇을 해도 좋을 날, 멀리 떠나는 질부를 배웅하기 위해 공항으로 가는 길이다. 날을 정해놓으면 얼마가 되었든 삽시간에 그날에 닿는 것 같다. 질부는 몇 해 전부터 아이들 교육을 위해 외국에 머물길 원했다. 초등학교 3학년과 올해 1학년에 입학하는 두 딸을 데리고 해외로 떠나는 날이다. 짬을 내서 식사라도 할까 싶었지만 서로 바빴다.

공항 가는 길은 설렘과 아쉬움이 공존한다. 낯선 환경에 대한 두려움과 무언가 두고 떠난다는 것에 대한 미련이 흔들린다. 떠나는 이와 남겨진 이가 있고, 기분이 후련한 사람과 아쉬움으로 보내야만 하는 이유가 꿈틀댄다. 그래서 공항은 만남과 이별 사이에서 웃음과 눈물로 규정된다.

일요일 공항은 인파로 붐볐다. 떠나는 이와 그들을 배웅하기 위해 모인 사람들로 가득 메웠다. 여행할 때는 몰랐던 슬픔이 복받친다. 한동안 보지 못한다고 생각하니 자꾸만 미안하고 눈물이 나오는 것이었다. 어미 혼자 타국에서 어린 딸아이 둘을 돌봐야 한다. 어려서부터 독립적으로 컸다는 질부라지만 겪어보니 마음이 여린 사람이었다. 어쩌다 가난한 집안에 시집와 남편을 도와 학원을 일으키더니 아이들이 커가자 겁이 났던가 보다. 불쑥 모험을 감행한 것이다. 서둘러 운전을 배우고 체류에 필요한 여러 가지를 위해 발품을 팔았다. 시골 큰오빠 내외는 큰며느리의 결정에 아무 말도 할 수 없었다. 자식을 위해 자신들의 젊음을 바치겠다는데 말릴 부모는 없을 터이다. 그저 몸 건강히 잘 다녀오란 말밖엔.

우리는 머물다 적응이 힘들면 언제든 짐을 싸 돌아와도 좋다고 질부를 응원했다. 일 년에 한번은 그곳으로 휴가를 갈 것이라 위로했다. 젊은 아내를 떠나보내기 위해 마음을 다지는 조카의 표정을 보기가 마음 아팠다. 가려면 함께 갈 것이지, 이게 무슨 생이별인가 하면서도 그들의 선택이 옳기를 바랐다. 그저 건강하게 일정을 마치고 돌아오기를 기도하는 일밖에 우리가 할 일은 없어보였다.

조카 내외는 짐을 부치는 중이었다. 열 시간이 넘는 비행을 대비해 가족 모두는 편한 옷에 운동화를 신었다. 조카는 일주일쯤 그곳에서 함께 머물다 가구가 들어오면 배치해주고 집 주변을 정리한 후 돌아올 계획이었다. 자동차를 구입해야 하고 길을 익혀야 하는 일이 질부에겐 부담이었지만 질부는 할 수 있다고 두 손을 꼭 쥐어보였다. 나는 먼 길을 홀로 돌아올 조카가 신경 쓰였다. 가장의 몫을 하느라 얼굴 한번 구긴 적 없는 그가 이번에 쉽지 않은 결정을 했다. 얼마가 될지 모를 혼자만의 시간을 보내야 하는 조카가 안쓰러웠다. 낯선 타국에서 의지할 곳 없이 두 아이를 위해 자신의 모두를 걸어야 하는 질부도 마음 쓰이기는 마찬가지였다. 가슴이 뻐근했다. 어린 아이들도 무언가 알고 있다는 듯 표정이 크게 밝지 않았다. 나는 눈자위가 붉어진 질부의 눈길을 피했다. 우리는 서로 웃었지만 서로 감정을 들키지 않으려 조심하는 중이었다. 어느 한 사람 살짝이라도 삐끗하는 순간 공항은 울음바다가 될 것이었다.

나는 대한민국 현실을 탓했다. 어느새 욕심을 부리지 않으면 무리에서 쉽게 도태되는 사회로 변해버렸다. 대학 졸업장만으로 버틸 수 있는 시대는 갔다. 스펙 쌓기는 다양성을 요구했다. 해외 유학파를 부러워했던 시절도 옛 이야기가 되었다. 영어만 잘한다고 인정받는 시대가 아니다. 부모는 아이를 위해 주변의 눈치를 봐야 한다. 자기 식으로 교육하겠다며 자연으로 돌아가는 부모는 책임감 없는 사람이 된다. 내가 원하는 것인지, 사회가 원하는 것인지도 모른 채 시류 따라 젖어든다. 어디가 끝인지 만족을 잃어버린 사람들의 세상이다.

짐을 부친 우리는 적당한 식당을 찾았다. 음식을 앞에 두고 데면데면하기도 처음이다. 우리 가족은 대가족이기도 하지만 대식가였다. 상다리가 부러져라 차려도 뚝딱 먹어치우는, 그야말로 음식을 제대로 즐기며 먹을 줄 아는 사람들이었다. 비싼 공항 식당에서 아이들이 먹는 돈가스 조각을 바라보며 서로의 얼굴을 바라봤다. 음식은 줄지 않았고 그대로 식어갔다.

아이들을 떠나보내고 주차장으로 가는 발길이 무겁기만 했다. 영영 헤어지는 것도 아니건만 가슴에서부터 눈물이 치고 올라왔다. 나는 비행기가 긋고 간 한 줄 궤적을 바라보며 눈물을 삼켰다. 하늘은 여전히 맑고 푸르렀다.

주차장을 나오며 길을 잘못 들어 엉뚱한 곳을 돌았다. 집으로 가야 할 길을 바로잡는 동안 하늘을 날고 있는 아이들 생각을 잠시 했다. 어쩌면 그들은 나처럼 돌고 도는 시간을 버리고 조금 더 곧고 똑바른 길을 위해 잠시의 불편을 택한 것인지도 모른다. 또 아는가, 그들의 출발로 다른 조카들도 더 큰 용기를 낼 수 있을지. 생각의 위치를 어디에 두느냐에 따라 마음이 편해지기도 불편하기도 하다. 이왕이면 좋은 쪽으로 두겠다. 우리 아이들은 지금 좋은 미래를 위해 길을 나섰다. 그 길이 순조롭기만을 바란다.

오늘 따라 낯선 공항이 등 뒤에서 멀어진다. 아이들이 돌아오는 날 나는 다시 이곳으로 달려올 것이다. 그때는 눈물보단 웃음이 먼저 나오겠지.

바람이 분다

의도적으로 피하려했던 때문일까, 시간이 그만큼 흘러서였을까. 이제 그녀가 더는 아프게 다가오지 않는다. 어쩌다 아는 사람들에게 그녀의 근황을 들어도 더는 가슴이 뛰지 않는다. 잘 살고 있으면 되는 것이다. 앞으로도 그러길 바란다. 그녀도, 나도.

그녀와는 중학교 3학년 때 처음 만났다. 거무스름한 피부에 길고 깡마른 손가락, 오뚝한 코가 인상적인 그 애는 친구가 많았다. 공부도 곧잘 했다. 우리가 어떻게 인연이 됐는지는 기억나지 않는다. 다만 내 눈에 그 애의 첫인상이 특별했던 것은 분명하다. 유독 나하고만 친했던 것은 아니었는데도 나는 그 애를 내 마음 가운데로 끌어들였다. 뾰족한 듯 부드러운 그 애의 성격이 매력적이었을까. 가끔 재밌는 이야기로 반 아이들을 한바탕 웃게 만드는 것에 끌렸나. 딱히 이거다 할 만한 우리 둘만의 추억은 없었는데도 나는 그 애가 마냥 좋았다. 그 애는 공부를 잘하는 친구, 키가 큰 친구, 재미있는 친구, 무뚝뚝한 친구들과 두루 관계를 이어갔다. 모두들 그 애한테 호의적이었다. 그 애가 부러웠다. 그와 달리 나는 낯을 많이 가렸다. 그때 나는 친구가 많아야 한다는 생각도, 친구가 필요하다는 생각도 하지 않았다. 그 애만 거기 있으면 된다고 믿었다.

그 생각은 30년 넘게 이어졌다. 서로 다른 환경에서 각기 다른 생활을 하면서도 내 가슴 속에는 여전히 그녀가 있었다. 떨어져 지내도 마음이 가닿으면 된다는 생각이었다. 고등학교를 졸업하고 연락이 뜸해지면서 우리 관계의 어느 일부분이 통째로 끊어진 적도 있지만 그런 것쯤이야 아무런 문제도 되지 않았다. 다툰 것도 멀어진 것도 아닌, 어쩌다 그리됐기 때문이다.

그리움이 복받친 어느 날 물어물어 그녀를 찾았다. 결혼을 코앞에 둔 그녀와 날 잡아 하루 서울구경을 했다. 태어나 처음 남산타워에 오른 날이다. 얼마 후 신혼집에도 초대받았다. 살림살이며 음식솜씨가 야무졌다. 무엇 하나 쓸데없는 물건이 없는 집안, 잘 손질된 하얀 식탁보가 그녀의 행복한 가정을 말해주는 듯했다. 시어른을 섬기고 남편을 대하고 아이를 키우는 일까지 그렇게 타고난 사람 같았다. 그런 그녀가 이혼을 하고 내가 사는 동네로 이사왔을 때, 나는 그녀와 함께할 수 있다는 기대감으로 그녀의 슬픔을 모두 보듬었다. 그녀가 우울한 날에는 시간과 거리를 따지지 않고 그녀를 태우고 밤새 운전을 했다. 맛집을 찾아다니고 공연을 봤다. 내 생일은 잊어도 그녀 생일은 잊지 않고 챙겼다. 힘든 시간을 버텨내야 할 그녀를 위해 내가 무언가를 해줄 수 있다는 것이 다행이라고 생각했다.

자리가 잡히고 새로운 사람들을 만나면서 그녀는 다시 활기를 찾았다. 학창시절의 그녀처럼 많은 사람들에게 인정받았다. 나는 다시 그녀의 주변에서 서성였다. 한 동네에서 우리는 수시로 만나고 지나쳤다. 그때마다 그녀는 새로운 친구들과 함께였다. 점점 우리 둘만의 시간은 사라져갔다. 가끔 질투가 났지만 내가 그들 무리 속으로 들어갈 용기는 나지 않았다. 어떤 사람도 허용이 가능한 그녀에 비해 나는 내게 맞는 사람만을 찾았던 것이다.

우리에게 다시 공백이 찾아왔다. 전에도 끊긴 시간들이 있었던 것처럼 이번에도 그런 것이려니 생각했다. 얼굴을 보지 못하고 지내는 것보다는 언제든 마음먹으면 뒷모습이라도 볼 수 있다는 사실에 위안이 되었다. 하지만 그러는 동안 우리는 많은 상황들을 달리 해석하고 있었음을 나는 놓치고 있었다. 어느 여가수가 불렀던 노랫말처럼 '세상은 어제와 같고 시간은 흐르고 있'건만 우리는 서로 다르게 추억을 적고 있었던 것이다.

그녀를 보내고 실연당한 여자처럼 보름여를 늘씬 앓았다. 떨어져서 보니 그녀는 그대로인데 나만 혼자 달라졌다. 나의 슬픔은 그녀와 상관없는 것이었다. 나는 우리 마음이 같았다고 믿었던 시간이 아파서 더 슬펐다. 그녀와의 우정을 이어온 만큼 그 아픔의 시간도 충분히 거쳐야 할 것 같았다.

며칠 전 한 사람을 만났다. 거래처 사장의 부인이다. 우리는 한적한 외곽 카페에서 단둘이 연말을 즐겼다. 그분은 이야기 중에 그 친구를 통해 우리 화원을 알게 되었다고 말해주었다. 별 얘기도 아닌데, 그때 가슴 저 깊은 곳에서 무언가 심하게 요동치는 것을 느꼈다. 잊었다고 믿었던, 묻어두었던 그리움이 와르르 무너지는 소리였다. 나는 울고 있었다. 많은 것들을 이겨왔다고 생각했는데 그것이 아니었다. 나도 모르게 친구와 헤어진 이야기를 그분에게 하고 말았다. 그분이 내 손을 꼭 잡아주었다.

그동안 나 혼자서 끌고 온 추억들은 전부 내가 만들어놓은 잘못된 기억일지도 모른다는 생각이 들었다. 어쩌면 나는 여직 그 애를 혼자서 좋아했을 것이다. 그 애도 나처럼 나를 좋아한다고 착각한 채 나에게 친구는 오직 그 애 하나라고 굳게 믿었을 것이다.

그가 누구인지 알면 실망할 일도 분노할 일도 아니다. 이제야 나는 친구를 온전히 놓아주기로 한다. 그동안 나와 다른 방향에 있었던 친구. 그것을 인정하지 못하고 서운해하기만 했던 나. 한때 그 친구로 아팠던 나를 위로한다. 그녀를 위해 한 차례 바람이 불어주기를 바란다. '서러운 마음에 텅 빈 풍경이 불어'*와 그 애와 나와의 시간들을 아득한 구석진 곳으로 몰아다주었으면 바란다. '시린 향기 속에 지난 시간을 되돌'*리더라도 우리들의 끝에서 보았던 그 애의 뒷모습을 기억하고 싶다. 그리고 내가 정리할 시간은 따로 남겨두고 싶다.

* 작은 따옴표 안의 글은 가수 이소라의 <바람이 분다>에서 가져옴.

어느 날

갑작스런 현기증으로 운전이 두려웠다. 어떤 방법으로든 배달을 해야겠기에 지하철을 타기로 했다. 가방은 두 개로 만들었다. 코르사주 박스 하나, 나머지 하나에는 꽃다발 세 개를 담았다. 숄더백 포함, 세 개의 가방이 링거병처럼 주렁주렁 내 몸에 매달렸다. 목적지는 집에서 한 시간 가량 걸리는 종각역 부근이다. 다행히 날은 차지 않았다. '미세먼지 나쁨' 경보 때문인지 마스크를 쓴 사람이 많이 보였다.

주말이어서일까, 전철 안은 한낮인데도 북적댔다. 다시 어지러웠다. 바로 자리가 났지만 앉을까 말까 망설였다. 모두들 두꺼운 외투로 몸을 감싼 탓에 정원이 앉았음에도 남은 자리는 비좁았다. 앉는 데까지는 용기가 필요했다. 결국 나는 엉덩이를 걸치다시피 끼어 앉았다. 덩치 큰 남자와 연신 휴대폰으로 드라마를 검색하는 여자 사이에서 어깨를 최대한 움츠린 채 가방을 끌어안았다. 바닥에 내려놓은 두 개의 꽃 가방이 영 신경쓰였다. 다른 사람이 발로 건드릴까봐, 또 운이 나쁘면 가방 어느 부분이 밟힐 수도 있다는 불안 때문이었다. 나는 구겨진 종잇장처럼 움츠렸던 몸을 일으켜 세웠다. 바닥에 놓았던 꽃 가방을 들어 선반에 하나씩 올려놓은 다음 다시 자리에 끼어 앉았다. 그제서야 몸도 마음도 홀가분했다.

하지만 선반의 꽃 가방을 깜박 잊고 내릴 것 같은 불안과, 선반에 손이 닿지 않아 버둥거리다 내릴 곳을 놓쳐 다음 정거장까지 갈 수도 있겠다는 불안이 엄습했다. 의식적으로 자주 머리 위 가방을 떠올렸다. 시간이 지날수록 전철 안은 사람들로 더욱 비좁아지고 숨쉬기가 불편했다. 속이 울렁거리면서 졸음이 쏟아졌다. 결국 나는 서서 가는 쪽을 택했다.

목적지에서 내렸다. 배달장소까지 걸어가면서 예상치 못한 소란을 만났다. 말로만 듣던 '태극기부대'이다. 메아리 없는 저들의 외침이란 어쩐지 슬프기만 하다. 그들은 영어의 몸이 된 전 대통령을 위한 찬가를 부른다. 그분은 자신의 석방을 간절히 기원하며 이 추운 날, 거리를 메우고 있는 이들이 있다는 사실에 행복해할까. 자신에게 등 돌린 이들을 설득하기 위해 광장으로 모이는 사람들이 고마울까. 문득 우리에게는 이득을 떠나 타인의 억울함을 위로해주고자 하는 마음이 있다는 생각에 이른다. 그래도 나는 광장의 소요는 원치 않는다. 생각하며 걷는 시간을 저들에게 도둑맞았다. 서울 한복판을 통째로 빌린 것처럼 거리는 온통 그들의 차지가 되었다. 경찰은 교통정리를 하고 지나는 사람들은 태극기를 향해 손을 흔든다. 아무런 생각이 없어진 나만이 돈

벌이를 하기 위해 사람 가득한 서울거리를 홀로 걷는다.

배달을 마친 나는 교보문고로 향한다. 태극기부대는 여전히 시끄럽다. 나는 소란을 피해 안전한 '지하벙커' 속으로 재빨리 들어간다. 사람 많기로는 서점도 마찬가지다. 다만 시끄럽지 않다는 것이 다른 점이다. 두리번거리면서 이곳저곳을 오간다. 도서검색대가 있다는 것도 잊은 채 내가 사야 할 책을 찾아 넓은 공간을 헤집고 다닌다. 한참만에야 도서검색대가 있다는 사실을 깨닫고 그 앞에 서지만, 내가 찾는 책은 아직 서가에 없다. 이틀 정도 더 있어야 나온다고 한다. 지난해 말 출간한 C시인의 시집과 오래 된 은희경 소설집, '빛나는 수필가 60'이 크게 새겨진 무크지, 그리고 이상문학상 작품집을 들고 계산대로 향한다. 나는 왜 자꾸 책을 사는가. 사 모은 책은 다 읽기는 하나. 내가 사는 책은 나에게 꼭 필요한 책인가. 주머니에서 신용카드를 꺼내면서 피식, 하고 웃음을 흘린다. 어찌되었거나 나는 잠깐, 메스꺼움을 잊었고 책값을 지불한다. 그 책은 많은 시간을 걸려서라도 읽게 될 것이다.

책이 담긴 묵직한 종이가방을 끌어안고 서점을 나온다. 마치 땅 속을 헤집다 나온 두더지 같다. 머리는 헝클어지고 손톱 밑은 흙때로 가득 찼다. 햇살에 눈이 부시다. 이 정도의 햇살에 눈이 부시다면, 나는 어둠에 더 익숙한 인간이다. 나도 모르게 어둠 저 밑바닥을 헤엄치려 한다. 정신을 차리려 헛기침을 크게 한 후 가방에서 목도리를 꺼내 두른다. 차가운 공기가 메슥거렸던 속을 훑어내린다. 나는 다시 시끄러운 서울거리를 걷는다. 태극기부대는 한바탕 군가를 부르면서 느리게 나를 스쳐지나간다. 또 한 번 나는 그들을 보면서 슬픔을 느낀다. 왜 슬픈 거냐고 물으면 대답이 궁색해지겠지만 묻는 이도 따로 없다.

1호선 지하철에 몸을 싣는다. 꼼짝도 하기 싫다. 이대로 주저앉고 싶다. 생각해보니 며칠 전에도 이와 같은 증상이 있었다. 도무지 아무것도 할 수 없었다. 가슴이 답답하고 모든 생각이 순간 멈춰버렸다. 그때도 속이 메슥거렸다. 내려서 밖으로 나가 진정한 후에 다시 내려와 지하철을 타야 했지만 몸은 생각을 따르지 못했다. 그냥 눈물이 났다. 소리내서 울고 싶었다. 그런 경험은 한번으로 족하다. 아니, 하지 않아도 좋을 경험이다. 갑자기 짜증이 난다. 환승역에서 내려 한참을 부동자세로 서 있어본다.

멀리 도봉산이 근엄한 표정으로 나를 내려다보고 있다. 왜 그렇게 보냐고, 안타까워서냐고, 한심스러워서냐고 묻고 싶다. 도봉산을 향해 눈을 부릅뜬 나는 이내 책이 든 종이가방을 손목에 걸친다. 외투주머니에 양손을 찔러넣고 다시 도봉산을 뚫어지게 쳐다본다. 그렇게 오랫동안 나는 한자리에 서 있다. 잡다한 생각들이 먼지처럼 부유하는데 몸은 자석에 붙은 것처럼 꼼짝하지 못한다. 이대로 순간이동하여 집에 닿을 수만 있다면.

집으로 어떻게 왔는지 기억이 나지 않는다. 나는 지칠 대로 지쳤고 그대로 자리에 쓰러졌다. 몇 시간을 그대로 잤는지 모른다. 잠에서 깼을 때 시계바늘은 밤 한 시를 향해 달리고 있었다.

여름은 춤이다

장마 끝, 모처럼의 햇빛이다. 슬리퍼를 벗어들고 화산이 만들어놓은 검은 해변을 걷는다. 모래가 뜨겁다. 걸음이 뒤뚱거린다. 정수리를 벗겨버릴 것 같은 태양볕을 받으며 한발 한발 내딛는다. 발바닥이 금방이라도 익어버릴 것만 같다. 눈을 지그시 감고 모래의 감촉을 그대로 느낀다.

휴식 차 제주에 온 지 이틀째, 특별히 갈 곳을 정한 것이 아니어서 호텔에서 가까운 바다로 왔다. 쇠소깍*이다. 검은 모래사장을 지나 자잘한 돌과 바위가 있는 곳으로 방향을 잡는다. 바람의 결대로 바닷물은 푸른 물살을 흔들어댄다. 제법 널찍한 바위에 기대앉는다. 더운 바람이 몸을 휘감는다. 주머니에서 손수건을 찾다가 젊은 연인들의 깨알 같은 웃음소리에 고개를 돌린다. 하나같이 사진기를 들고 있거나 삼각대를 받쳐놓고 둘만의 추억담

---

*담수와 해수가 만나는 곳으로, 제주 서귀포시 효돈동에 위치한 해변.

기에 바쁘다. 젊음은 무엇을 해도 예쁘다. 다양한 포즈로 사진을 찍는 그들을 보며 나도 덩달아 가방 속 사진기를 꺼내들고 푸른 하늘에 피어난 구름을 몇 컷 찍는다. 각도를 눕혀 멀리 보이는 등대와 바닷가 주변에 깔려 있는 돌들을 담는다. 구멍이 숭숭 뚫린 제주 화산돌은 볼수록 정감이 간다. 송곳으로 구멍을 찍어 누르면 신비한 바닷속 이야기가 하나씩 뽑혀 나올 것만 같다.

여행은 혼자일 때 좋다. 여럿이면 의견이 부딪치고 둘이면 상대를 배려하느라 가끔 내가 원하는 쪽을 포기하게 된다. 잠자리나 음식을 선택하는 것에서부터 여행 스케줄을 짜는 것에 이르기까지 오롯이 내 주장을 펴기도 어렵다. 한곳에 오랫동안 머물고 싶은 여행이라면 혼자가 제격이다. 방해꾼이 없으니 종일 잠을 자도, 말을 하지 않아도 되고 밥은 먹어도 그만, 건너뛰어도 그만이다. 내 사진을 찍어줄 친구가 필요하지도 않다. 맘에 드는 풍경이 있으면 그것을 담고, 가사 없는 음악을 듣고, 오늘처럼 마냥 해변을 거닐고 싶을 땐 시간에 상관없이 서성이는 것을 즐긴다.

고교동창 민희는 나와 여행코드가 비슷하다. 성공한 영업인인 그는 나와의 여행을 소원했다. 아름다운 휴양지로 소문난 동남아 어느 곳으로 가, 서로 다른 방을 쓰며 각자 일정에 신경쓰지 말고 편하게 며칠 쉬다오자는 것이다. 밥 먹자고 채근하지도 말고 어디 가자고 보채지도 말아야 한다는 단서를 달았다. 그런 단서를 달면서까지 왜 함께 여행을 하자는 건지 헷갈렸고 고민스러웠다.

그날 이후 그는 지속적으로 자기와의 여행을 수락해달라며 전화한다. 여행 가서 우리의 우정에 금이 가는 한이 있더라도 한번 부딪쳐보고 싶다는 것이다. 쉽지 않은 일이다.

여행에 있어서 동반자는 퍽이나 중요하다. 갈등 때문에 즐거움을 놓치느니 혼자 하는 편이 낫다. 갈수록 나는 그와의 여행이 겁났고 차차 생각해보자며 대답을 미루는 중이다. 그런 내가 혼자 제주에 온 걸 알면 그는 뭐라 할까.

고개를 흔들어 생각을 털어버린다. 멀리 흰색과 빨강색 등대가 방파제 위에 나란히 거리를 두고 서 있다. 그야말로 그림 같은 풍경이다. 나는 영화 속 어느 한 장면을 떠올리며 주인공들이 지금 이 해변을 따라 거닐고 있다는 상상을 한다. 모래사장을 맨발로 걷는 이들은 하나같이 춤을 춘다. 비틀거리는 것 같기도 하고 금방이라도 하늘로 날아오를 것도 같다. 삼삼오오 모여 정체모를 춤을 추는 이들을 바라보며 내 몸도 최면에 걸린 듯 스르르 움직인다. 여름 햇살이 다가와 굳어진 내 몸 세포를 들썩여 한껏 부풀어오르게 한다. 한발씩 내딛는 걸음에 나도 모르게 몸이 흔들린다. 흔들림은 파도소리를 따라 리듬을 타고 그것은 곧 춤이 된다. "여름은 춤이다. 무조건 춤이다." 나도 모르게 입 속으로 중얼거린다. 어느덧 파도가 음악이 되고 바람이 동무가 된다.

얼마 전 읽었던 잡지 기사가 떠올랐다.

가끔 아침에 해변을 산책하라. 햇빛이 물에 반사되는 것을 보고 네가 이생에서 가장 사랑하는 것들을 생각하라. 행복해져라. 부끄러움 없이 춤을 추어라. (…) 여름은 무조건 춤이다. 춤을 출 수 있을 때 추지 않는 건 어리석다. 햇빛처럼 행복하고 바다처럼 길들일 수 없는 사람이 되어라.**

무엇이든 할 수 있을 때 하라는 말인가? 남의 눈치보며 쭈뼛거리지 말고 나 하고 싶은 것 하며 신나게 살아보라는 주문 같다.

그래, 춤이다. 나는 어리석어지지 않으려고 춤을 춘다. 아직은 어려 '햇빛처럼 행복하고 바다처럼 길들일 수 없는 사람'이지만 그대로 해변에 내 몸을 맡겨본다. 조금 어눌해도 나는 내 춤이 부끄럽지 않다. 내가 사는 방식이 남과 다르듯 내 춤도 그들과 같을 수는 없다. 자기 주장이 강해 남에게 길들여지기 어려운 사람이지만 이대로의 내가 좋다. 나는 나를 사랑한다.

하늘은 열심히 흰 구름을 뭉쳐놓고 바람은 그 구름을 흔들어 춤을 추게 한다. 그 속에서 나 또한 춤을 춘다. 그때 시간은 나에게 의미 없는 존재가 되어버린다.

**이탈리아 동북부 어느 해변마을 고등학교 교사가 학생들에게 여름방학 숙제로 내줬다는 내용.

흉터

설 명절을 고향에서 쇠고 서울행 직행버스에 몸을 실었다. 앞자리에 앉아 창밖을 내다보았다. 엄마는 커피가 반쯤 남아 있는 종이컵을 왼손에 들고는 오른손을 주머니에서 꺼내 나를 향해 흔드셨다. 그러다가 급히 버스로 올라와, 유리창이 지저분하다며 스웨터 주머니에서 손수건을 꺼내 유리를 닦았다. 그러고는 다시 밖으로 나가 바깥 유리를 닦으셨다. 하얀 앙고라 스웨터 주머니에서 꺼낸 꽃무늬 손수건은 이미 먼지범벅이 되었지만 다른 쪽으로 돌려 접으며 유리가 맑아질 때까지 닦았다. 혹여 몸 약한 딸이 가다가 멀미나 하지 않을까 걱정했던 것이다. 나는 그만하라고 손짓을 했지만 엄마는 그러고도 몇 차례 유리를 더 닦았다.

나는 스무 살이 넘어 폐결핵을 앓았다. 가슴 X레이를 찍으면 꽃 같은 흉터가 점점이 남았다. 치료 중 결벽증이 생겼다. 지하철이나 버스를 타면 손잡이를 잡지 않았다. 편식이 심해졌고, 속옷이나 양말, 청바지까지 다리미로 다려입었다. 식구들은 유난 떤다고 하면서도 한편으론 나를 이해하는 눈빛이었다.

치료에 최선을 다했지만 상태는 좋아지지 않았다. 다 낫기도 전 왼쪽 쇄골 부위에 포도 알만 한 덩어리가 잡히더니 계란 크기로 자라 급기야 병원을 다시 찾았다. 조직검사를 마친 의사는 임파선결핵이라고 했다. 수술이 불가피하다며 급히 날짜를 잡았다. 형제들은 직장에 다니거나 시어른을 모시는 형편이어서 부득이 엄마가 고향인 태안에서 올라오셨다. 다리가 불편한 엄마는 좁은 보호자 침대에서 밤을 새우는 날이 많았다. 날이 밝으려면 아직도 멀었는데 물병을 들고 뒤뚱거리며 병실 문을 밀고 나가는 엄마의 굽은등을 나는 잠결인 듯 바라보았다.

퇴원 후 산책을 할 수 있을 무렵, 목 주변에 붕대를 감고 한 달여 만에 목욕탕에 갔다. 엄마는 등 뒤에서 나를 안았고 동생은 따뜻한 물을 내 몸에 조심스럽게 부으며 때를 밀었다. 앙상한 팔에 비누를 묻혀가며 닦고 있을 때 엄마는 한숨처럼 짧은 신음소리를 흘리셨다. 엄마를 바라보는 동생의 눈에 눈물이 가득 고였다. 나는 사람들의 눈을 피해 동생을 바라보며 축 처진 모습으로 앉아 있을 뿐이었다.

버스 기사가 시동을 걸었다. 엄마는 재빠르게 올라와 내 무릎에 올려놓은 반찬통을 발밑으로 내려놓았다. 내가 의자등받이에 등을 기대자 그때서야 엄마는 출입문 쪽으로 몸을 돌렸다. 버스 기사는 차가 출발할 것이니 그만 내리라고 재촉했다. 엄마가 절

룩거리며 계단을 내려가자 버스 문이 닫혔다. 엄마는 종종걸음으로 버스 앞을 지나 다시 바깥 창을 닦고는 버스가 차부를 빠져나와 모퉁이를 돌고 큰 길로 접어들 때까지 그림처럼 서서 내가 탄 서울행 버스의 꼬리를 바라보며 연신 손을 흔들고 계셨다.

쪽진 머리에 하얀 앙고라 스웨터를 입고 신차부약국 모서리에 기우뚱 서서 버스가 보이지 않을 때까지 손을 흔드셨던 어머니의 모습은 지금까지 정지된 화면처럼 선명하게 남아 있다. 잠깐 차를 세우고 엄마한테로 달려가 와락 끌어안고 싶다. 사랑한다고, 고마웠다고 보청기 가까이에 대고 전해드리고 싶다.

어느덧 엄마를 그리워하는 내 마음은 또 하나의 흉터로 남았다. 약을 발라도 낫지 않는 그분에 대한 그리움, 그것은 내 남은 생의 그분 향한 마음일 테다.

술을 마시고 싶다

뜬금없이 술 생각이 난다. 전에 없던 일이다. 술은 기분 좋을 때 한 잔 하는 걸로 알기에 나는 그야말로 기분이 좋을 때만 술을 찾는다. 지금 나는 기분이 좋은 걸까? 솔직히 좋은지 나쁜지 잘 모르겠다. 그냥 술 생각이 조금 날 뿐이다.

내가 술을 마셔야겠다 결심한 것은 관여 선생님의 말씀을 듣고부터다. 그분은 술 한 잔도 하지 않는 나를 여러 해 지켜보다가, 문학을 하는 사람이 술맛도 모르면 재미없지, 하셨다. 나는 그 말에 끌려 술을 마시기 시작했다.

당시 나의 주량은 늘리고 늘려 소주 반병이었다. 잔을 세 번에 나눠 마시곤 했는데, 얼굴이 발그레하게 달아오를 만큼이었다. 더는 곤란했던 것이, 집에까지 그 좋은 기분으로 갈 수 있을지 의문이었다. 그래서 더 마실 생각을 하지 않았다.

대신 술을 마시고부터 술에 관심이 많아졌다. 당연한 듯, 부정적인 쪽보다는 긍정적인 쪽에 끌렸다. 술자리 풍경을 주시했고 멋진 장면을 기억했다가 재현하곤 했다. 그 하나가 소주잔을 단번에 꺾는 기술이었다. 함께 살던 대학 초년생 조카의 소주 원샷 장면은 볼 때마다 멋졌다. 소주 한 잔을 따라주면 안주와 상관없이 홀짝, 잔을 꺾어 깔끔하게 털어버리는 것이었다. 그 모습이 어찌나 멋있고 당당해보이던지. 젊어서 멋있었고 어떤 망설임도 없이 한번에 털어버리는 그 단호함이 좋았다. 나도 흉내내보고 싶었다. 이후, 조카처럼 하다가 소주 반병은 한두 잔으로 끝이었다. 갑자기 들이부은 술로 얼굴은 금세 발갛게 달아오르고 심장은 터질 쿵쾅댔다.

소주병을 따기 전 회오리를 만드는 것이 나의 개인기가 되었다. 이것은 모 출판사 사장한테 배운 것인데, 그가 소주병을 흔들 때 보면 손목 스냅을 이용했다. 그야말로 예술에 가까웠다. 오른손으로 소주병을 감싸듯 꽉 잡고 왼쪽으로 살짝 기우는 듯하다가 다시 오른쪽으로 순간 털어주며 이어서 왼쪽으로. 그렇게 서너 번 흔들면 시원한 회오리가 인다. 나는 그와 몇 차례 술을 하면서 제대로 된 방법을 터득했다. 그 후로 술자리에서 내가 일으킨 회오리는 언제나 박수갈채를 받는다.

소주와 맥주를 황금비율로 섞는 폭탄주 기술도 나를 따를 자가 없다. 일단 맥주잔에 삼 분의 이 정도의 맥주를 따르고 소주잔에 소주를 반쯤 채운다. 그리고 따라놓은 맥주에 반 잔의 소주를 넣은 후 수저로 순간의 힘을 가해 맥주잔 바닥을 탁, 치며 거품을 일으킨다. 일행들의 환호는 부러움의 증거다.

그런데 요즘 나는 소주도 맥주도 소맥(소주와 맥주를 섞은 술)

도 아닌 다른 술에 빠졌다. 그 하나가 '연태고량주'다. 낯선 향기는 부드러운 목넘김으로 이어진다. 35도의 뜨거운 술맛. 연태고량주의 매력은 금방 취하고 어느 순간 나도 모르게 바로 깬다는 점에 있다. 숙취를 느끼지 못하는 것은 장점 중에 장점이다.

또 하나는 '화요'다. 25도의 화요는 참치횟집에서 자주 마신다. 소주와는 다른 것이 톡, 하고 쏘아대는 맛이 일품이다. 이 술을 맛볼 때면 까칠한 젊은 여성이 연상된다. 까칠해보여도 그런 여성은 매력 있다. 자신감이 넘쳐 보이고 그래서 당차 보인다. 일행들과 화끈한 매력에 빠져 한 병, 두 병, 세 병은 보통이다.

화요를 알 게 된 것은 동인 모임에서였다. 희곡을 쓰는 이 선생이 희곡집을 냈고 동인들이 모여 축하자리를 마련했다. 그의 작품을 스크린으로 감상하고 현장에서 배우들과 참가자가 함께 작품 일부를 재현했다. 문학하는 이들에겐 참으로 의미 있는 자리였다. 그날은 우리의 우정이 더욱 빛났던 걸로 기억한다. 식사를 마치고 술자리로 이어졌을 때 누군가 화요를 골랐다. 그 첫 맛은 참으로 신선했다. 순한 소주를 마시다가 만난 진하면서 깔끔한 화요 한 잔의 목넘김은 3년 전 제주의 밤을 떠오르게 했다.

제주는 나의 단골 여행지로, 여럿이 가도 혼자 가도 좋은 곳이 거기다. 제주에 가면 나는 빼놓지 않고 한라산을 마신다. 바다같이 푸른 병에 담긴 소주는 도수는 높아도 순한 맛이 일품이다. 홀짝대며 마시다보면 금방 한 병이고 얼큰하게 취한 나는 식당을 나와 바닷바람을 맞는다. 해변을 따라 마냥 걷다보면 술은 기분 좋게 깬다. 깨고도 아쉽지 않은 술이 한라산이다.

그날은 기분이 좋은 날도 아니었건만 한라산은 달고 달았다. 그래서 좋았고 그래서 이래저래 한 병을 모두 마셨던 것 같다. 인생이 쓰기도 하고 달기도 한 거지. 나의 중얼거림은 제주 밤바다의 비릿함과 함께 늦은 안주가 되었다.

다음 날 느지막이 일어나 그 해변을 다시 걸었다. 따가운 햇살에 눈이 부셔 근처 이중섭기념관으로 발길을 돌렸다. 아이를 유난히 사랑했던 화가. 가족과 떨어져 살 때 일본인 아내를 그리워하며 썼다는 화가의 편지를 읽었다. 저렇듯 다정한 남자도 있구나, 했었다. 바닷가에 게가 기어다니고 아랫도리를 드러낸 아이들은 함박웃음을 하고 게처럼 기었다. 시간은 하염없이 흐르고 나의 감상은 시간을 붙들었다.

2층 구석 책상에서 그림 그리는 이들과 만났다. 기념관에서 주최하는 이벤트로 거기 그림을 그리고 이중섭 화가에게 편지를 쓰는 행사였다. 뽑힌 그림을 모아 화집을 만들 거라고 했다. 나도 한 자리 차지하고 앉았다. 꼬맹이들이 간밤 술로 초췌해진, 아무래도 엉성한 내 모습을 기웃거리며 웃었다. 장난기가 발동한 나는 눈을 크게 뜨고 내 앞의 아이를 쳐다봤다. 아이도 덩달아 눈을 키웠다. 그리고 나를 쳐다봤다. 아니, 내 그림을 놀려댔다. 아니 아니, 내 그림에 호감을 가졌다. 나는 일부러 아이가 쓰고 있는 색연필을 빌려 색을 채웠다. 아이는 철없이 나이든 여자를 보고 까르르 까르르 웃어댔다.

다 잊고 있던 어느 날, 화집 하나가 집으로 배달됐다. 50대 그림 부문에 내 그림이 뽑혔다. 나는 주황색 왕발을 높게 치켜든 농게를 그리고 그것과 노니는 아이를 그렸다. 그리고 바다와 하늘을 파랗게 칠했다. 그런 후 이중섭 화가에게 아이처럼 편지를 썼다. 나의 어설픈 그림 솜씨와 벌레들이 기어가는 것 같은 글씨가 부끄럽게 웃었다. 이왕이면 모양을 내서 잘해볼 걸 하는 생각이 그때서야 들었다. 술이 빚어준 추억 한 자락이었다.

술은 마셔서 기분 좋고 깨고 나면 멋쩍게 웃을 수 있어서 좋은, 낭만적 존재다. 술친구가 반드시 있지 않아도 되는, 기분이 좋을 때 생각나는 것이 술이어서 좋다. 술을 모르고 문학을 하다니, 나는 그 말을 이제야 알 것 같다. 술이 있어서 기분이 좋고, 기분 좋을 때 술을 찾을 줄 아니 멋진 일이다.

오늘 나는 술 생각이 난다. 술이 마시고 싶다. 회오리를 일으켜 한 잔 홀짝 꺾을 수 있는 소주. 순한 소주 한 잔 마시고 싶다.

버려진 식탁의 쓸모, 한복용의 글쓰기

우대식/ 시인

한복용의 세 번째 수필집 『청춘아, 아프지 말자』의 서문에 해당하는 「아픔이 끝날 때까지, 나는 아직 청춘이다」를 오랫동안 들여다보았다. 오래 전 타개한 문학평론가 김현 선생께서 지적한 문학의 가치란 실용적 가치의 무용성에서 비롯된다는 말을 떠올렸다. 소위 유명 작가로 통용되는 몇몇 분들이 없는 바는 아니지만 악전고투의 창작 현장에서 건어올린 작품을 교환가치로 환산한다는 것은 불가능에 가까운 일이다. 그런데 교환가치로 바로 환산되지 않는 그 속성이야말로 문학이 자본 혹은 부조리한 세계에 머리 숙일 필요가 없다는 것을 의미한다. 자본 혹은 부조리한 세계에 길들여지지 않는 문학이라는 인상을 「아픔이 끝날 때까지, 나는 아직 청춘이다」에서 느낄 수 있었다. 겸손으로 일관된 작가로서의 태도는 자신의 상처를 넘어선 융숭한 정서적 응집을 독자에게 선사하고 있다.

여전히 나는 아픈 길을 걷는다. 어쩌면 영원히 이 길을 걷게 될지 모르겠다. 내가 가야 할 길이라면 거절할 생각은 없다. 내 삶은 나만이 걸어야 하는 시간일 테니까. 세상 무엇과도 바꾸고 싶지 않은 문학이 있어 숨 쉴 수 있는 이유가 된다. 생이 다하는 날까지 느린 걸음이라도 멈추지 않을 작정이다.

문학의 기원을 어디에 두느냐는 개인마다 많은 편차가 있을 것이나 많은 경우 어떤 결핍에서 문학이 파생한다는 것을 이 글에서도 확인하게 된다. 또한 주어진 운명으로서의 글쓰기를 감내하겠다는 작가적 태도는 끝내 글쓰기에 전념한 자들이 보여주는 장인정신을 담고 있다. 절대가치로서의 문학은 무엇과 교환되는 것이 아니다. 그 문학에 날숨과 들숨을 빚어 생명을 불어넣겠다는 의지는 창조자로서 작가의 영혼을 한껏 고양시키는 행위라 할 수 있다. 문학에 대한 순교적 결기는 오늘날 보기 드문 자기 고백의 성스러움을 담고 있었고 이미 타개하신 수필가 목성균 선생의 아래와 같은 고백을 연상케 한다.

등단, 이제는 8년여 수필과 마주 대하기가 무섭습니다. 쓸수록 어려워서지요. 그래도 쓰지 않을 수도 없습니다. 이런 걸 가지고 팔자소관이라고 하는 것인지 모르겠습니다. 문명(文名)을 떨쳐보자는 오기도 아니면서, 수필을 모르면서 아는 척 나를 기만하면서, 마치 시시지프가 산꼭대기로 바위 돌을 굴려 올리다 떨어뜨리기를 계속하듯 나는 수필쓰기를 계속합니다.

이 팔자소관론은 "생이 다하는 날까지 느린 걸음이라도 멈추지 않"겠다는 한복용의 작가적 태도와 거의 일치한다. 수필문학에 대한 수많은 정의와 갈래론적 논쟁이 있어 왔다는 것은 잘 알려진 사실이나 이 소박하고 조잔해 보이지만 결기 서린 문학론이야말로 수필문학의 한 정체가 아니겠는가 생각해본다. 문학평론가 임헌영 선생은 수필문학에 대하여 "우선 그 지평의 확대를 위하여 소재와 주제를 후기산업사회와 발맞춰야 할 것"을 주장하는데 이 수필집의 다양한 관심과 그에 따른 방법론은 임헌영 선생의 주장에 부응하는 것이기도 하다.

1. 일상에서 걷어 올린 여항의 철학

고전적 개념이나 현대적 개념을 통틀어 합의할 수 있는 수필문학의 특징은 여항에서 만난 소소한 사람, 사물, 사건이 주된 글감이 된다는 사실이다. 기괴한 상상력 혹은 독자의 이해를 크게 염두에 두지 않는 글쓰기와는 일정한 거리를 갖는 것이 수필이라 할 것이다. 그러한 점에서 우리의 일상에 가장 밀접한 지점에 턱을 바치고 있는 글쓰기가 수필이라는 점도 다시 말할 필요가 없을 터이다. 일찍이 윤오영 선생은 「수필문학 입문」이라는 글에서 소재 선택에 대해 아래와 같이 정곡을 찌른 바 있다.

> 아무리 철학이나 도덕이나 종교나 문화를 떠들어봐도, 혹은 서화골동書畫骨董의 아취雅趣를 풍겨봐도 그 길에 높은 전문가의 눈에는 문외한이기 십상팔구다. 오직 생활의 실감만이 참스러운 정서

를 담을 수 있고 독자에게 절실한 공감을 줄 수 있다.

생활의 실감이란 우리의 일상에 가까이 있으되 깨닫지 못한 것에 대한 실제적 감각을 의미한다. 그러나 말이 쉬워 생활의 실감이지 보통의 감각이나 투철하지 못한 인식은 그 근처에 얼씬거리기도 어려운 것이다. 한복용의 수필집에서 생활의 실감은 분명한 하나의 틀로 자리잡고 있다. 「버려진 식탁」, 「언니의 방」, 「어떤 풍경」, 「청춘아, 아프지 말자」 등의 작품이 그러한 예에 해당하며 더욱이 소외되고 약화된 대상들에 그 시선이 오래 머문다는 점에서 강한 휴머니즘의 향기를 머금고 있는 것도 사실이다.

「버려진 식탁」은 "골목 귀퉁이에 식탁 하나가 뒤집힌 채로 버려져 있다. 네 개의 다리가 하늘 향해 항거 중이다. 식탁과 함께 했을 의자들은 이리저리 제멋대로 널브러져 있다"로 시작한다. 끝까지 읽어보면 버려진 식탁은 작가의 한때의 삶을 알레고리적으로 보여준다. 이 지점은 한복용의 수필에서 매우 중요한 의미망을 띠고 있는데 그것은 자신의 삶을 늘 냉철하게 객관화하고자 하는 강렬한 의지가 숨어 있기 때문이다. 한복용의 수필은 그럴듯한 퍼소나를 거부한다. 그러한 면에서 보자면 한복용의 수필은 어느 한 면에서 핍진한 고백적 성격을 띠고 있다고 할 수 있다. 한복용의 고해성사와 같은 발화들은 정해진 가식의 틀 속에 살아가는 사람들의 정신을 일순 놀라게 만든다.

버려진 식탁 위에 빗방울이 떨어진다. 나는 고개를 떨군 채 한참을 그 자리에 서 있다. 두고 온 식탁이 생각난다. 단란한 가정을 그렸던 나는 그 그림을 완성하지 못하고 식탁을 떠났다. 마음에서 멀어진 사람을 위해 더 이상 밥을 짓지 않기로 한 것이었다. 끝내 온기가 사라진 공간, 그도 나도 서로에게 한 뼘의 정도 내주지 않았다.

발길을 돌린다. 이 비 그치고 나면 저 식탁이 누군가에 의해 쓸모를 되찾았으면 싶다. 아니, 설령 부서져 땔감이 되더라도 자신의 역할이 무엇이었는지를 잊지 않았으면 한다. 내가 여직 온전한 가정을 품어보지 못한, 내 아이들을 꿈꾸며 그리워하고 있는 것처럼, 버려진 식탁도 한때나마 행복했던 시절을 기억했으면 좋겠다.

「버려진 식탁」 마지막 부분에서 젊은 날 자신의 불우를 버려진 식탁에 비유한 것도 신선했지만 불우의 구체적인 양상을 스스로 말한다는 것은 더 놀라운 사실이었다. 수필문학이 지닌 비허구적 특성은 독자로 하여금 모든 발화와 사건을 사실로 받아들이게 한다는 점에서 자신의 어리석음을 드러내는 경우는 종종 보아왔지만 이처럼 진실한 고백은 별로 본 적이 없다. 이러한 이면에는 자신의 상처를 내면화해서 그 상처를 스스로 자신의 삶에 위치시키는 어떤 힘이 있음을 뜻하는 것이다. 그것이야말로 일상에서 걷어올린 '여항의 철학'이라 할 만하다. 그것은 세계를 대하고 바라보는 태도가 타자의 시선을 통하여 이루어진 것이 아니라 스스로의 단련에서 비롯되었음을 뜻하는 것이기 때문이다.

2. 예술혼의 오마주

한복용 수필집의 한 쪽을 지탱하고 있는 것은 예술가에 대한 탐구와 오마주 형식의 글이라 하겠다. 연극인 박정자를 비롯하여 오르한 파묵, 알베르토 자코메티, 다자이 오사무, 나쓰메 소세키 등 자신의 자리에서 죽음을 불사하는 자세로 예술혼을 불태운 예술가들에 대한 작가의 시선은 뜨거움을 넘어서 예술혼을 자기화하려는 욕망을 품고 있었다. 「구샤미 선생과 고양이」에서 아래와 같은 글귀를 만날 수 있다.

> 나는 그의 수필집『유리문 안에서』가 작가의 인생관과 생애를 한 눈에 볼 수 있는 자서전이라고 어느 글에서 평한 적이 있다.『유리문 안에서』에서 나쓰메 소세키는 한정된 공간에서 무료한 시간을 보냈다. 만성 위장염에 시달리며 좋아졌다 나빠졌다 하기를 반복하는 과정에서 자신의 병을 생활의 일부라 여긴다. 병마와 싸우는 무료함 속에 오롯이 앉아, 자기 자신을 작품 안에 투영한다. 소세키는 "누가 뭐라 해도 나는 내가 하고 싶은 일만 하겠다"는 작가적 의지와 인간적인 고집스러움을 보여주었다.

나쓰메 소세키의『유리문 안에서』는 불안과 우울, 신경쇠약, 위궤양에 시달리며 죽기 1년 전에 아사히신문에 연재한 수필집이다. 사실 유리문 안의 소세키는 죽음으로 가는 자신을 들여다보고 있었으며 그러한 가운데서도 집필의 의욕을 꺾지 않았던 충만한 작가의식의 소유자였다. 죽음마저도 넘어서는 작가의식이란 말처럼 쉬운 일이 아닐 뿐더러 자신이 하고 싶은 일만 하겠다는 인간적 고집스러움도 한복용에게는 오롯한 예술가의 초상으로 비쳤던 것이다.

예술가란 어떤 사람인가? 「모든 것을 버린 자의 평안」에서 다자이 오사무의 찢어진 유서를 한복용은 소개하고 있다. 그 내용은 다음과 같다. "소설을 쓰기가 싫어졌기 때문입니다". 소설가가 더 이상 소설을 쓰기 싫어졌을 때 죽음으로 스스로 투신할 수 있다는 사실은 그 실제적 인과관계를 떠나 예술과 삶이 하나가 되어 흘러가는 장면을 연출한다. 한복용에게 예술은 적어도 죽음을 초월하려는 자들에게 허락된 것이라는 인식이 내재되어 있다. 「박정자의 서랍」에서 한복용은 아래와 같이 쓰고 있다.

> 무대 위 그에게는 "늙음도 괴로움도 없다". 그러니 죽음조차도 없다. 그저 연극인 박정자만 있을 뿐이다. 다른 하나는 연극을 위해 끊임없이 연마하고 정진하는 모습으로 현재진행형의 에너지를 내뿜는 그다.

현재진행형으로서의 예술가의 에너지는 죽음을 초월한다. 죽음을 초월했을 때 예술은 완성된다. 한복용은 초월이라는 양식의 입체적 구현을 자코메티에서 본다. 사실 초월과 같은 관념은 설명하기 어려운 점이 있다. 그러한 면에서 작가가 지향하는 초월의 실체를 자코메티를 통해 보여줌으로써 자신의 예술론을 구체화시키고 있다고 할 수 있다. 「자코메티의 시선과 상처」에서 한복용은 자코메티의 창작방법에 대해 설명하고 있다.

뼈대에 살을 붙여가면서 형태를 만들고 이미지를 완성하는 일반적인 조각법과는 달리 자코메티는 완성된 형태로 시작하여 차차 걷어내는 방식을 선택하였다. 그의 작품은 "거의 뼈대만 남아 있어 자칫 미완의 작품"으로 비치기도 한다. 덜어내고 덜어내어 바스러진 작품도 있었다. 자코메티의 작업방식은 세상과 사물에 대한 그만의 관점에서 비롯된 것으로 비춰진다. 덜어내고 비워내는 방식은 그 작품의 본질을 찾기 위한, 본연의 형태를 갖추기 위한, 작가 나름의 모색법이라 할 수 있겠다.

"덜어내고 비워내는 방식"이란 사실 죽음의 형식과 가깝다. 자코메티의 방법론이 본질을 찾기 위한 작가 나름의 모색법이라 것 역시 현실 너머의 세계를 보고자 한다는 점에서 초월의 성격을 띤다. 한복용의 이러한 예술혼에 대한 오마주는 투사라는 형식을 통하여 자신의 작품으로 반영되고 있다. 사실 이 수필집 전체를 관통하는 화두는 '한 자존적 인간의 절체절명의 글쓰기'라 할 수 있다.

3. 장편掌篇 수필의 가능성

손바닥만 한 크기의 작품이라는 뜻으로, 매우 짧은 산문을 이르는 말로서의 장편의 가능성을 한복용의 수필은 보여준다. 대개 인생의 한 단면을 예리하게 포착해 그려 유머, 풍자, 기지를 담고 있는데 「각설탕」, 「모성母性」, 「생명」, 「살구」와 같은 작품들이 장편의 특성을 보여준다.

우리 두 사람 앞날에 그 무엇도 장애가 되지 않을 거라 생각했던 때가 있었다. 매일 봐도 그가 궁금했고 헤어지면 바로 그리웠다. 밤새 통화해도 끊는 순간 다시 그의 목소리가 듣고 싶어졌다. 어떤 일도 그와의 만남을 대신할 수 없었다. 그의 손길은 단잠을 불러들였다. 밤을 새워 작업을 해도 그를 만날 생각을 하면 피곤이 물러갔다.

그랬던 우린 어찌 되었나. 단단했던 때가 있었나 싶게 부서졌고, 달콤했던 날이 언제였나 싶게 떨떠름해졌다. 애초에 아무 일도 없었던 것처럼 지금은 서로의 일에 열중하고 있다.

달콤함은 일순간이었다. 그런 줄 모르고 빠져들고 알고도 다가서는 것이 사랑인가. 녹은 후의 허망함을 알면서도 또 다시 하나의 각설탕을 집어드는 어리석음과도 같은.

「수필의 격格」이라는 글에서 수필가 유병근 선생은 "수필가는 새로운 세계, 참신한 비유를 찾으려 노력하는 언어탐구자"라고 규정한 바 있다. 이 이야기는 대상이 품고 있는 바 가운데 새로운 측면을 찾아 의미를 부여함으로써 사물에 대한 인식의 폭을 확장시킨다는 뜻을 포함하고 있다. 잘 알려진 대로 언어란 대상을 인식하게 하는 수단이면서 동시에 대상의 본질을 가두는 이중의 역할을 하고 있다. 문학은 아이러니하게도 언어를 통해 언어의 불완전성을 극복하고자 한다. 문학이 탐구의 성격을 띠는 것은 이 같은 사정이 반영된 결과이다.

위의 「각설탕」이라는 작품은 단단하면서도 쉽게 부서지고 달콤한 각설탕의 속성을 통해 자신의 사랑을 되짚어보고 있다. 달콤함 그리고 부서져버리고 마는 각설탕을 통한 사랑에 대한 비유는 피상적인 사랑에 대한 논論과 달리 감각적인 공감을 끌어내고 있다. 각설탕이라는 대상의 속성을 통하여 인간에 삶에 대한 원숙한 이해를 도모한다는 점에서 글은 대단히 짧지만 수필 가운데 한 갈래로 특화할 필요가 있겠다는 생각을 한다. 서정과 서사라는 문학의 속성을 모두 아우르는 수필문학의 특성상 고도로 압축된 장편掌篇 수필의 활성화는 수필 창작에 큰 활력을 줄 수 있을 것이라 생각한다. 그 가능성을 한복용의 작품을 통해 확인할 수 있었다.

「모성母性」이라는 작품에서 목숨을 놓으면서도 새끼를 살리려 몸을 떠는 파리에 대한 형상화는 이치에 따라서 사물을 해석하고 자신의 의견을 서술하는 한문문체인 설說을 연상케 하였다. 고려 때 문인 이규보의 「슬견설虱犬說」이나 「경설鏡說」을 읽어보면 그 사정을 짐작할 수 있을 것이다. 한복용의 다채로운 수필의 무늬는 그가 얼마나 고군분투해왔는가를 보여준다. 이러한 수필문학의 다양성에 대한 제시가 작품으로 구체화되어갈 때 수필문학의 새로운 장을 열 것이라 본다. 장편掌篇이라는 이름으로 혹은 설說이라는 이름으로 한 권의 수필집이 나올 날을 기대해본다.

4. 수필문학에 대한 자의식

한복용의 수필집 속에는 수필문학에 대한 자의식이 곳곳에 내

재해 있다. 그것은 왜 쓰는가 하는 문제에서부터 어떠한 태도여야 하는가의 문제에 이르기까지 인식과 윤리를 아우르는 인생론을 포함하고 있다고 할 수 있다. 한복용에게 수필이라는 글쓰기는 거저 얻어지는 것이 아니라 그에 걸맞는 혹독한 대가를 치러야 하는 것으로 인식되어 있다. 서문에 해당하는 「아픔이 끝날 때까지, 나는 아직 청춘이다」에서 다음과 같이 그는 말하고 있다.

> 남들에 비해 문재文才가 없고, 공부가 짧으며 이해력이 부족한 사람. 귀가 어둡고 품도 좁은 사람이다. 반면에 눈은 한없이 높은 곳을 향하고, 그래서 까치발을 섰으나 목표물에 닿을 수도 없는… 그래도 나는 포기가 싫었다.
>
> 이번 책은 그런 증거가 되지 않을까 싶다. 곳곳에 생채기가 나고 곪았던 자국이, 딱지가 뜯어져 흉터가 된, 그렇지만 이제는 내게 훈장처럼 돼버린 것들. 나는 그것들을 쓰다듬는 중이다.

내성적이고 겸손한 자아는 수필이라는 글쓰기 앞에서 자신을 늘 모자란 인간형으로 말하고 있다. 글을 읽으며 사양 혹은 겸양의 차원을 넘어서 진실로 자신이 모자라다고 생각한다는 점에서 한복용은 더 먼 곳으로 갈 것이라고 생각했다.

이 글 앞부분에도 언급했지만 글이란 대개 결핍의 소산이다. 그 결핍이 메워졌다고 생각하는 순간 글의 밀도는 낮아지며 순결성은 휘발되기 시작한다. 그리고 세상은 그렇고 그런 것이고 그렇고 그렇게 살아가면 된다. 사회적으로 작가의 대접을 받으며 그 가면을 즐기며 살아간다. 한복용은 그러한 가면을 단호히 거부한다. 차라리 무명일지라도 글 쓰는 자로 남기를 바라는 것이다. 「시크릿」에서 한복용은 아래와 같이 밝히고 있다.

좋은 글을 쓰고 싶다. 누군가 내 글을 읽고 용기를 내어 다시 생의 길을 걸을 수 있는 글, 또 다른 누군가는 꺾었던 붓을 다시 들을 수 있게 하는 마법 같은 글, 그런 글을 쓰고 싶다. 어떤 이는 무지한 나를 보며 자신은 그러지 말아야지, 마음을 굳히는 글, 체증 같은 슬픔을 보물처럼 꽁꽁 숨겨두고 한번도 제대로 된 긴 숨을 못 쉰 사람들에게는 눈물 골을 터주어 펑펑 울 수 있게 만드는 글, 그리하여 가뿐해진 그가 다시 숨을 쉬며 가던 길을 갈 수 있게 하는 그런 글을 쓰고 싶다.

그는 자신의 아픔을 통해 누군가 위로받고 다시 생의 길을 걷게 되기를 간절히 바라고 있다. 무지한 자신을 타산지석 삼기를 바라고 있다. 마치 작가는 이 세상 이치를 알고, 세상을 내려다보며 현학적이고 철학적 경구를 가뿐가뿐 쓰는 사람인 줄 착각하는 자들에게 글이란 슬픔을 보물처럼 숨겨둔 것이라고 조용조용 일러주고 있다.

이 결백한 자아는 수필문학이란 수필을 쓴 사람과 일치해야 한다는 믿음을 가지고 있다. 그러니 쓸 데 없는 기교나 수사보다는 진실이 항상 먼저인 것이다. 이러한 문학적 태도를 「덕(德)은 가르쳐지지 않는다」에서 잘 볼 수 있다.

수필이 인격의 향훈에서 우러나오는 덕성의 문학이라면 가르쳐서 될 일은 아닌 것 같다. 오늘도 나는 남을 가르칠 엄두는 내지 못한 채 더듬거리며 자문한다. 수필은 과연 가르쳐서 완성될 수 있는 것인가.

수필문학에 대한 이러한 견인주의적 태도는 수필이라는 장르의 완성이 기교적 측면에 있는 것이 아니라 인격에서 비롯된다는 사고를 보여준다. 어쩌면 수필문학에 대한 다양한 정의 가운데 "덕성의 문학"이라는 것은 새롭고도 의미 있는 수필의 정의가 될 법도 하다. 이러한 사고 이면에는 수필문학은 가르쳐서는 안 된다는데 방점을 찍은 것이 아니라 전인적 교육과 사고를 통한 자연스러운 호흡이 수필문학으로 가는 길이라고 말하고 있는 것이다.

「잘 가고 있는 것일까」의 마지막 부분에서 그는 아래와 같이 고백하고 있다.

글쓰기는 내게 숨 쉬는 것과 같고 밥 먹는 것과 같아서 하루라도 쓰지 않으면 내 건강에 고장이 올 수 있다. 빛나는 글이 아니더라도 지금껏 해왔던 대로 멈춤 없이 걷고만 싶다. 뚜벅, 뚜벅.

아마 한복용은 끝까지 글쓰기에 몰입할 것이다. 글쓰기가 하나의 치장이 아니라 생의 절대조건이기 때문이다. 쓰지 않으면 죽는다. 나쓰메 소세키의 수필집 『유리문 안에서』처럼 한복용의 화원 안에서의 글쓰기는 죽음까지 껴안으며 지속될 것이다.

한복용 수필집
청춘아, 아프지 말자

지은이_ 한복용
펴낸이_ 조현석
펴낸곳_ 북인
디자인_ 푸른영토

1판 1쇄_ 2020년 12월 07일
출판등록번호_ 313 - 2004 - 000111
주소_ 121 - 842 서울 마포구 서교동 467 - 4, 301호
전화_ 02 - 323 - 7767
팩스_ 02 - 323 - 7845

ISBN 979-11-6512-020-7 03810

이 도서의 국립중앙도서관 출판예정도서목록(CIP)은 서지정보유통지원시스템 홈페이지(http://seoji.nl.go.kr)와 국가자료종합목록시스템(http://www.nl.go.kr/kolisnet)에서 이용하실 수 있습니다. (CIP제어번호 : CIP2020050388)

이 책은 경기문화재단과 문화예술위원회 후원으로 발간되었습니다.

책값은 뒤표지에 있습니다.
저자와 협의 아래 인지를 생략합니다.